Solo Un DUQUE SE Atrevería

Serie Canallas Seductores, Libro Dos

COLLETTE CAMERON

Blue Rose Romance®
Portland, Oregon

Traducido por Cristina Huelsz®

No estoy tan desorientado como para no saber qué hacer con una mujer hermosa en mis brazos.

Duque de Sutcliffe

DEDICACIÓN

Dedicado a todas aquellas que

leen mientras ven televisión. . .

Sí, es posible seguir ambas historias.

Agradecimientos

Un agradecimiento especial a mis muy talentosas y tan organizadas asistentes CJ y DF quienes hacen taaaaaanto detrás de escena por mí, y a mis editoras Kathryn Davis y Emilee Bowling por pulir mi historia hasta que esta deslumbra. Un humilde agradecimiento a Cheryl Bolen por la frase de la cubierta y también a Lana Lee Harmon-Bury por sugerir el nombre de Acheron, y por último a Paula Adams, Liz Mackman, Keri Smith, Virginia Smith y Sherry Jordan-Stephens por ayudarme a darle un nombre al *The Blue Rose Inn* en *Essex Crossings*. ¡Ustedes son brillantes!

Capítulo 1

Colchester, Essex, Inglaterra
A finales de junio de 1809

La penumbra del crepúsculo alargó las sombras del viejo cementerio mientras Theadosia , tarareaba *Robin Adari*, una canción de amor escocesa que seguramente irritaría a su padre, se abría paso entre las lápidas y los ocasionales rosales desgarbados o arbustos que necesitaban podarse.

Como había vivido en la rectoría toda su vida, el cementerio no le parecía ni aterrador ni espeluznante. Entre los que descansaban eternamente se encontraba un hermano que había muerto en la infancia, varios habitantes del pueblo que ella había conocido, e incluso algunos miembros de la alta burguesía y de la nobleza a los que su padre había oficiado los funerales. De niña, ella, sus hermanas y su hermano solían jugar entre las lápidas y las estatuas al escondite y a otros juegos.

Situado en el lado este de la iglesia de Todos los Santos, el cual captaba el sol naciente cada mañana, se encontraba el patio de la iglesia, que proporcionaba un atajo conveniente y a menudo era utilizado para llegar a la entrada trasera de la casa parroquial.

—¿Por qué?

Un susurro profundo y angustioso recorrió el lugar.

Aunque no creía en los fantasmas y a pesar de llevar su traje de terciopelo, un escalofrío recorrió su columna vertebral, haciendo que los vellos de sus brazos se pusieran de punta.

Al levantar su traje de cretona azul con una mano, se detuvo y miró a su alrededor, pero no vio nada fuera de lo común. Un conejo regordete de color marrón grisáceo, que disfrutaba de un tentempié antes de encontrar el camino a casa por la noche, la observaba con ojos cautelosos de color negro. Tras estudiar un momento más el paisaje familiar, Theadosia continuó su camino.

Debió haber imaginado la voz.

El viento se había levantado en los últimos minutos. A veces los dos robles antiguos que hacían de centinelas en la entrada del cementerio emitían un gemido de tal manera que las ramas que se balanceaban sonaban como si estuvieran gimiendo en señal de protesta.

Tal vez las gallinas de Jessica eran las culpable, pensó Theadosia mientras el viento le azotaba las faldas por los tobillos. Situadas al otro lado de la parroquia, donde estaban los huertos y las flores, las gallinas solían emitir extraños chillidos y cacareos.

La cesta vacía que contuvo la sopa de pollo y el pan que le había entregado a la familia Ulrich que se encontraba enferma esta tarde se balanceaba contra su muslo mientras reanudaba su tarareo, atreviéndose incluso a cantar una línea de la canción ya que había inspeccionado la zona y notó que sus padres no estaban presentes para reprenderla. *Sin embargo, a él lo amé tanto..."*

—¿Por qué lo hiciste?

El mismo tono de barítono atormentado atravesó el cementerio una vez más.

Por Josafat, eso *no* lo había imaginado.

Se detuvo de nuevo y giró lentamente, intentando ojear las zonas verdosas y las lápidas. Muchas eran grandes y ornamentadas, y ella no podía ver más allá de los marcadores de piedra cercanos.

—Sólo quiero saber por qué.

El conejo se congeló durante un segundo antes de adentrarse en el seto.

Un escalofrío recorrió los hombros de Theadosia y tragó saliva para evitar tener un sobresalto.

Vamos, Theadosia Josephine Clarice Brentwood. No tengas miedo.

Además, los fantasmas no arrastran las palabras. Al menos, ella no lo creía.

Reuniendo su determinación, se puso en pie y dijo: —¿Quién está ahí?

Entrecerró los ojos ante el crepúsculo. La voz vino del lado más alejado del cementerio. El lado reservado a los aristócratas y a los nobles.

Otra ráfaga de viento silbó entre los cornejos y los cerezos en flor que bordeaban el lado norte del cementerio y tiró del borde de su nueva gorra de paja. La sujetó con fuerza para mantenerla en su sitio.

Una vez más, una frase mascullada, o tal vez un sollozo esta vez, siguió la estela de la brisa fresca.

¿Qué alma angustiada se había aventurado a entrar en el cementerio a estas horas?

Los visitantes solían venir por la mañana o por la tarde. En ocasiones, incluso hacían un picnic entre los que se habían ido antes que ellos. Sin embargo, las supersticiones y los temores injustificados solían alejar a los dolientes cuando descendía la oscuridad.

Quien fuese la persona, seguro que estaba en apuros y la naturaleza compasiva de Theadosia le exigía ofrecerse a ayudar. Acomodó la cesta sobre su antebrazo y se dirigió en la dirección en la que creyó haber oído la voz. Al rodear la lápida de un ángel que lloraba, tan vieja y descolorida que la escritura apenas podía leerse, se detuvo en seco.

Un hombre, un hombre sorprendentemente atractivo, yacía entre los muertos.

Más bien, estaba rodeado por una valla de hierro baja y puntiaguda, descansando sobre lo que debía ser su gabán, con la espalda apoyada en un marcador de mármol de dos metros. Incluso en la muerte, los duques y las duquesas de Sutcliffe, así como sus parientes más cercanos, se mantenían separados de los plebeyos, a los que consideraban por debajo de su ilustre sangre azul.

En cualquier caso, eso era lo que afirmaban los lugareños.

Nunca había encontrado a los Sutcliffe como personas arrogantes o antipáticos. Un poco serios y formales, sin duda, como así solía ser la nobleza, pero nunca antipáticos. No es que hubiese pasado mucho tiempo en su compañía.

Con las piernas ridículamente largas cruzadas por los tobillos y el cabello alborotado como si se hubiera pasado los dedos por él, el caballero dio un largo trago a una botella verde.

Whisky.

Mi padre levantaría un gran revuelo si se enterara.

La bronceada columna de la garganta del hombre, que era un sorprendente contraste con la nívea tela del cuello bajo la barbilla, se movió mientras tragaba de nuevo.

Algo lo tenía alterado.

Cuando bajó el brazo, ella abrió los ojos.

¡Ha vuelto a casa!

Los latidos del corazón de Theadosia se aceleraron un poco mientras recorría con la mirada a Víctor, el duque de Sutcliffe. Aunque no lo había visto en tres años y medio, reconocía fácilmente a Su Excelencia.

Una ola de simpatía la invadió.

También sabía lo que le atormentaba.

El suicidio de su padre.

Era la tumba de su padre sobre la que estaba sentado.

Con los ojos cerrados, y sus pestañas negras abanicadas contra sus pómulos esculpidos, el duque levantó la botella una vez más.

—Ni siquiera ha dejado una nota diciéndonos por qué.

Theadosia no debía saber la razón por la que el séptimo duque se había ahorcado. Esas cosas nunca se discutían, salvo a puerta cerrada. Su padre, el rector de la iglesia de Todos los Santos desaprobaba cualquier tipo de cotilleo o chisme.

Ella creyó ver una lágrima por el rabillo del ojo de Su Excelencia. Su evidente dolor desgarró su blando corazón.

No debía hacerlo.

Sus padres no lo aprobarían. De hecho, su padre se lo prohibía absolutamente.

Mordiéndose el labio inferior, Theadosia cerró los ojos por un instante.

Realmente, *realmente* no debería hacerlo.

Pero lo haría.

No podía soportar ver el sufrimiento del duque.

Decidiéndose, aunque siendo algo imprudente, pasó por la puerta abierta.

—Su padre tenía cáncer de estómago. Oí a papá contarle a mamá un día después de que su padre... Es decir, después de su muerte. Papá se sintió culpable por no decírselo a usted y a su madre, pero el duque le juró guardar el secreto y por supuesto, él no tenía idea de que su padre... —Saber el motivo por el que la gente decide ocultar asuntos tan graves a sus familias la dejaba perpleja.

Sus párpados se abrieron de golpe y Su Excelencia se puso de pie.

Su mirada hipnótica se fijó en la de ella y sí, había

rastros de lágrimas en su rostro.

El corazón de la joven dio un extraño salto.

Ella recordó sus ojos vibrantes, de un tono entre el plateado y el peltre, con un mínimo toque de azul marino alrededor del iris. Sus ojos eran fríos, a pesar de sus colores insensibles. No, sus ojos rebosaban de inteligencia y normalmente de bondad, y se arrugaban en las esquinas cuando reía. De joven solía ser muy alegre; su hermano James había sido uno de los compañeros constantes cuando residía en Ridgewood Court.

—¿Cáncer? —Sus párpados volvieron a cerrarse y asintió. —*Ahhh.*

Esa sola palabra reveló que lo entendía.

Tal vez ahora encontraría un poco de paz.

—Gracias por decírmelo —dijo.

—Siempre he pensado que necesitaba saberlo.

Debían habérselo dicho hacía años.

Apoyándose en la lápida de su padre, el duque se puso de pie. Con la botella de whisky colgando de una mano, entrecerró los ojos como si tratara de enfocar su mirada sombría.

—¿Theadosia? —La incertidumbre elevó su voz profunda en la última sílaba mientras la miraba de arriba abajo, con un brillo apreciativo en los ojos. —Thea, ¿realmente eres tú?

Sólo sus hermanos y amigos más queridos la llamaban Thea.

Su sorpresa estaba justificada. Mamá decía que Theadosia era un retorno tardío. Casi llegó a perder la esperanza de desarrollar las curvas propias de una mujer.

Hizo una media reverencia y sonrió.

—Así es, Su Excelencia. Ya crecí—. A los dieciséis años y estando vergonzosamente enamorada de él y poseyendo una figura que podría envidiar un palo de escoba, se creía una mujer hecha y derecha. El tiempo le había enseñado lo contrario.

La prolongada ausencia del duque había provocado muchas conjeturas y especulaciones, y muchos, incluida ella, se preguntaban si alguna vez volvería a Colchester.

Ella ansiaba preguntarle por qué había vuelto después de tanto tiempo, pero la etiqueta le prohibía hacerlo.

El duque torció la boca esbozando una sonrisa ladeada mientras su mirada la recorría.

—Diría que sí. Y además te has convertido en toda una belleza. Siempre supe que lo harías.

¿Él se había fijado en la joven delgada y desgarbada con la tez manchada? Ella apenas había sido capaz de pronunciar dos palabras en su presencia.

Una deliciosa sensación, dulce y cálida, similar a la de un dulce recién salido del horno, brotó detrás de su esternón. No debería sentirse halagada por sus desvaríos de borracho. De hecho, debería reprocharle su descarado cumplido. Al fin y al cabo, era un conocido bribón, un hombre de la ciudad, "un vividor mujeriego", según decía papá. Sin embargo, no todos los días un duque diabólicamente apuesto la llamaba hermosa.

En realidad, alguien rara vez destacaba sus rasgos.

Su padre fruncía el ceño ante los elogios a las apariencias externas, lo que explicaba por qué los caballeros a los que él la animaba a dirigir su atención no podían decirse que fueran agradables a la vista.

El Señor nos dice que no nos fijemos en la apariencia ni en la estatura, sino que miremos al corazón de un hombre, le advertía a Thea y a su hermana con regularidad.

Era más fácil de hacer si la persona no presumía de tener dientes de ciervo, una nariz ganchuda que rivalizaba con el pico de un loro, o tenían la propensión a sudar como un caballo de carreras: los tres últimos vicarios, respectivamente.

En cambio, Su Excelencia era muy agradable a la vista. Oh, ciertamente lo era.

Era exquisitamente alto, perfecto para una mujer de su estatura, y clásicamente bien parecido, su rostro era de facciones bien definidas y muy aristocrático. Incluso la severa forma de su nariz y las cejas pobladas hablaban de generaciones de crianza refinada.

Papá, un hombre grueso y de rasgos sencillos, se había casado con una bella escocesa. No era justo que exigiera otra cosa a su descendencia.

¿Por qué no podía encontrar a un hombre de buen corazón y algo atractivo para cortejar a su hija del medio?

¿Era mucho pedir?

Aunque ya sabía por qué.

Porque un rostro atractivo *había* hecho girar la atención de su hija mayor, Althea, y ésta se había escapado con un artista de la feria de verano. Durante los últimos dos años y medio, papá había prohibido que se pronunciara su nombre.

El corazón de Theadosia volvió a doler. ¡Cómo anhelaba recibir noticias de su querida hermana! Pero si Althea había enviado alguna carta, papá no lo había mencionado. Su maldito orgullo no se lo permitía.

Incluso mamá, quien era más tolerante y bondadosa que papá, no se atrevía a recordarle lo que la Biblia decía sobre el orgullo y el perdón.

Suspirando, Theadosia volvió a recorrer al duque con la mirada.

James estaría encantado cuando él volviera de Londres.

—Es un placer verte de nuevo, señorita Thea.

Una encantadora sonrisa se dibujó en el noble semblante de Su Excelencia mientras se inclinaba en una tambaleante reverencia de galán, dejando caer la botella de whisky y casi cayendo de bruces por el esfuerzo. Se rio ante su propia torpeza.

Thea dejó caer la cesta y se apresuró a sujetarlo con una mano sobre su ancho, muy ancho, hombro y la otra en su sólido pecho. Como era una señorita prudente, trató de no hacer caso de la sacudida eléctrica que le subió por ambos brazos. No era el momento para la timidez propia de una señorita ni para fingir recato.

¿Podía imaginar el escándalo si lo encontraban apestando a whisky sobre la tumba de su padre? Esta *no* era la vuelta a casa que ella había imaginado para él durante años.

—Tenga cuidado, señor, o se romperá el cráneo— le dijo soportando su gran peso, ya que su cuerpo no era la de un dandi simpático, sino la de un hombre acostumbrado al esfuerzo físico, le dirigió una mirada de reojo. —Creo que usted se ha excedido.

Mucho, a decir verdad.

—¿Cómo se las arreglará para volver a casa en Ridgewood Court? —continuó.

—De la misma manera en la que terminé en este lúgubre lugar—. Con una sonrisa infantil y ladeada, movió los dedos en dirección al camino. —Caminaré, bella doncella.

—Creo que no. Es un kilómetro y medio de viaje, y no está en condiciones de hacer la caminata.

—¿Te preocupas por mí, Thea? —Su rica voz se volvió baja y áspera.

Bajó la cabeza y presionó su nariz contra el cuello de Thea mientras la rodeaba con sus brazos y la acercaba a su cuerpo.

¿Acaso no debía sentirse ofendida o asustada?

Pero no era así.

—*Mmm*, hueles bien. Como el sol y la madreselva.

Él olía a alcohol, a caballo y a sándalo. Y algo más que ella no podía identificar. No iba a inclinarse y olfatear para determinar qué aroma era, como él se había aventurado a hacer.

Su Excelencia inhaló una profunda bocanada de aire y en su garganta resonó otro sonido desconcertante que ella no pudo identificar. —Intoxicante —su voz retumbó contra el cuello de Thea, con los labios haciéndole cosquillas en su piel sensible.

Intentando, *sin éxito*, ignorar el embriagador placer de estar cerca suyo, Theadosia apartó la cabeza mientras apoyaba las manos en su pecho, tan rígido como una pared.

—Es usted el que está intoxicado y no sabe lo que dice.

¿Por qué tenía que sonar ella casi sin aliento? Por el esfuerzo de mantenerlo erguido. Debía ser eso.

—Excelencia—. Le dio un empujón a la pared inflexible. —Tiene que soltarme antes que alguien nos vea.

No había muchas posibilidades con el manto nocturno descendiendo, pero era una tontería tentar a la Providencia.

—No estoy tan desorientado como para no saber qué hacer con una mujer hermosa en mis brazos.

Ahí estaba el pícaro del que papá les había advertido a Jessica y a ella.

La aguda réplica que pretendía recordarle su lugar fue sustituida por un suspiro cuando sus labios rozaron los de ella.

Una vez.

Dos veces.

Y una vez más, con más urgencia.

¿Se resistió como la hija de un clérigo debía hacer?

¿Invocar ultraje o indignación? ¿Tan siquiera un poco?

Que el Señor la ayude, la respuesta era no.

¿Era tan libertina como Althea?

¿Esa maldad era hereditaria?

Se quedó allí, abrazada a él y dejó que la besara. Puede que incluso le devolviera el beso, pero su mente era un embrollo de sensaciones deliciosas, como si flotara en una nube esponjosa, y no podía estar segura.

Sus labios, suaves pero firmes, sabían a whisky y a algo más.

¿Pasión, quizás?

—Y aquí, señor Leadford, están los terrenos funerarios de la iglesia. Tenemos tumbas que datan de hace más de doscientos años, antes de la construcción de los edificios actuales de la iglesia de Todos los Santos.

La voz de su padre, que llegaba hasta ella desde varias filas de distancia, consiguió que Theodosia volviera a la tierra y al parecer, hizo que Su Excelencia también se pusiera sobrio. De inmediato se apartó de su agarre.

Ella arriesgaba mucho si la atrapaban. Todo, de

hecho. Papá había prohibido expresamente que sus hijas restantes estuvieran sin carabina en compañía de varones mayores de doce años.

—Estoy seguro que usted se sentirá tan bendecido como yo asistiendo en el pastoreo de mi congregación—. El orgullo resonaba en la voz grave de papá, muy útil para sus estruendosos sermones del domingo por la mañana. —Confieso que he sido un poco flojo en mi papeleo en los últimos meses. El último vicario fue un regalo de Dios en lo que respecta a la organización, el mantenimiento de registros y la correspondencia. Esos asuntos no están entre mis puntos fuertes.

—No se preocupe, porque esos son mis puntos fuertes, señor Brentwood —respondió una voz agradable pero desconocida.

—Me complace oírlo —respondió su padre.

¿Otro nuevo vicario?

Eso hacía cuatro en otros tantos años. Un cuarteto de varones solteros buscando una mujer modesta de respetable nacimiento para tomarla como esposa. Hasta ahora, ella y su hermana menor, Jessica, se habían salvado.

Por fortuna cada uno de los antiguos vicarios había seleccionado a una feligresa dócil, ambiciosa, de la congregación para casarse antes de trasladarse a su propia parroquia.

Por desgracia, en la iglesia de Todos los Santos quedaban pocas señoritas sin pretensiones ni ataduras en edad de casarse.

—¿Thea...?

El duque intentó sujetarla de nuevo.

—*¡Shh!* —Ella presionó sus dedos enguantados contra sus labios, y él enseguida le tomó la mano y le dio un beso en la muñeca. —Deje de hacer eso —susurró apartando la mano mientras ordenaba en silencio que cesara el revoloteo de su vientre.

—Mi padre está cerca. No *puede* encontrarme en una posición comprometida con usted. Se pondrá lívido. *Por favor.* Suélteme, señor.

Sería repudiada en el acto. Expulsada y rechazada. Su familia no volvería a pronunciar su nombre. Tampoco los volvería a ver. Jamás.

Imaginar la reacción enfurecida de papá le produjo un temblor en la columna vertebral.

Incluso en su aturdimiento, el duque debió percibir

su miedo y su apremio, porque la soltó de inmediato y puso una distancia respetable entre ellos.

—Prefiero que me llames Sutcliffe o Víctor.

¿A qué se debía ese honor?

Sutcliffe podría considerarlo, pero no podía usar su nombre de pila, excepto en su mente. Sólo los parientes y amigos más cercanos podían dirigirse a él por otra cosa que no fuera su título.

Cuando Theadosia se alejó aún más y se enderezó el sombrero, su pie golpeó la botella de whisky. Su mirada se posó en la cesta olvidada lejos de la valla. *Por todos los cielos.* Sólo podía rezar para que el recorrido de su padre no incluyera esta parte del terreno.

Thea escuchó un sonido seguido de una ráfaga de susurros, la hizo girar hacia el camino paralelo al patio de la iglesia.

Las ancianas hermanas Nabity se encontraban en el camino con los brazos entrelazados y las cabezas inclinadas.

¿Qué habían visto?

Theadosia cerró los ojos.

Le rezaba a Dios que sólo hubiera sido a ella conversando con el duque, a una distancia respetable entre ellos y nada más.

Su Excelencia se volvió hacia donde ella miraba con tanta atención. Esbozando una sonrisa tonta y aniñada, se inclinó una vez más, esta vez con más control, aunque se balanceaba sobre sus pies imitando a un arbolito golpeado por una tempestad invernal.

—Buenas tardes, queridas damas. Espero tener el placer de hablar con ustedes después de los servicios del domingo. He echado de menos su agudo ingenio y su delicioso pastel de semillas todos estos años.

Al unísono, sus barbillas bajaron casi hasta sus pechos planos como una tabla de lavar y entonces movieron sus cabezas en señal de afirmación y titubeando al estilo de las colegialas jóvenes, se marcharon. Probablemente para hacer su famosa confección.

—Creo que dijo eso sólo para que le hicieran el pastel de semillas—. El muy bribón.

—Me has descubierto.

Una sonrisa desvergonzada le dibujó la boca y ella mordió labios, recordando la embriagadora sensación de su boca en la suya.

—¿Theadosia? ¿Qué demonios sucede aquí?

Capítulo 2

*P*apá.

Reprimiendo la maldición poco femenina que ni siquiera debía saber, y mucho menos pensar o decir, Theadosia lanzó al duque una mirada de *mira lo que has hecho*. A papá le horrorizaría saber las travesuras que ella había aprendido de sus amigos más cercanos a lo largo de los años.

No sabía de dónde habían sacado esos conocimientos, ni quería saberlo.

Su Excelencia tuvo el acierto de poner un gesto solemne, aunque ella juró que la picardía bailaba en sus ojos semicerrados. Sin embargo, era difícil saberlo con la luz mortecina.

Con una apariencia de despreocupación, a pesar de su pulso desbocado y del miedo a ser descubierta que le apretaba el vientre, esbozó una sonrisa alegre y avanzó hasta que su vestido cubrió la botella olvidada de la "bebida del diablo", como su padre llamaba al whisky.

—Papá. Mira quién ha vuelto a Colchester.

Ella extendió su mano hacia el duque.

La expresión de su padre siguió siendo severa mientras tomaba la medida del duque.

No era una buena señal.

Tal vez si distraía a su padre mencionando su última iniciativa de recaudación de fondos para mejorar la iglesia de Todos los Santos, no se enfadaría por lo que seguramente consideraría como su comportamiento más indecoroso.

—Su Excelencia me estaba diciendo lo ansioso que está por oírte predicar este domingo, y dijo que sería un honor contribuir con el saldo necesario para el nuevo órgano de cámara. Podrá encargarlo ahora. ¿No es maravilloso? Imagínate lo hermosa que será la música que resonará en el santuario cada domingo y en Navidad.

Una de las cejas severas de papá se arqueó con interés.

Perfecto. Había mordido el anzuelo.

Ahora había que atraerlo suavemente.

Con su sonrisa más agradecida, ella captó la mirada del duque.

Una clara diversión apareció en su rostro, al igual que una expresión delineadas que le preguntaba cuál era su plan.

—Y Su Excelencia sugirió que era conveniente que el coro tuviera sotanas y sobrepellices nuevos. Él insiste en cubrir su costo también. ¿No es una bendición?

¿La juzgaría Dios por mentir?

Debería hacerlo.

¿Incluso si las mentiras eran bien intencionadas?

¿O inventadas por el miedo?

Más concretamente y lo que más le preocupaba ahora, ¿desmentiría el duque sus declaraciones?

El coste del órgano de cámara era muy elevado. Durante más de dos años la congregación había recaudado fondos, pero papá dijo que aún no habían reunido la mitad del dinero necesario. Ofrecer el patrimonio del duque estaba fuera de lugar, pero ella debía evitar que papá llegara a la conclusión equivocada.

¿Por qué fue tan impulsiva?

Debió haberle avisado a su padre de que alguien estaba en peligro en el cementerio, y no haber intervenido por su cuenta propia.

Pero en tal caso, no la habría besado hasta olvidar que era la hija de un reverendo.

—Naturalmente, si habrá un nuevo órgano, el coro merece nuevas vestimentas —murmuró el duque de Sutcliffe en tono divertido.

¿El muy descarado acababa de guiñarle un ojo?

¿Lo había visto papá?

La mirada especulativa de su padre pasó entre ella y el duque, luego por la ostentosa lápida ubicada detrás de Su Excelencia antes de que sus rasgos se relajaran y ofreciera su versión de una sonrisa santurrona: la boca cerrada, los labios arqueados por una sola fracción, su expresión era benigna.

Juntando las palmas de las manos en una postura similar a la de la oración, inclinó un poco su cabeza canosa.

—Su benevolencia es muy apreciada, Su Excelencia. Estoy seguro que nuestro Señor está tan encantado como yo porque usted haya elegido seguir las prácticas de sus padres de asistencia regular a la iglesia y de un generoso patrocinio a la parroquia.

—Como usted diga, señor Brentwood.

Su Excelencia inclinó la cabeza, ocultando ahora todo rastro de su anterior juventud y embriaguez. O bien el duque tenía práctica en el artificio o era un magnífico actor. O tal vez no estaba tan borracho como ella creía.

Menos mal que no había discutido la gran declaración de Theodosia sobre su generosa donación.

Más tarde tendría que disculparse y pedirle perdón por su duplicidad.

—Permítame presentarle a nuestro nuevo vicario, Su Excelencia—. Papá indicó al amable clérigo que no había dejado de sonreír desde que apareció tras rodear la lápida. —Señor Leadford, este es Su Excelencia, Víctor, Duque de Sutcliffe y mi hija, Theadosia. Señor, Theadosia, este es el señor Hector Leadford.

De penetrantes ojos azules, un rostro poco llamativo pero de facción amable, el señor Leadford hizo un reverencia.

Algo en él le levantó los pelos de la nuca, pero no

pudo precisar qué.

—Su Excelencia. Señorita Brentwood. Es un placer conocerlos a ambos.

Su mirada se detuvo un poco más de lo profesional o necesario en Theadosia, y en sus llamativos ojos brilló un claro reconocimiento.

Tal vez fue su interés lo que ella percibió.

—Espero que disfrute de nuestro pueblo, señor Leadford, y que se sienta pronto como en casa.

Theadosia le devolvió la sonrisa, consciente de mantener la cortesía pero ligeramente distante para no alentar su mirada. Exactamente como a Jessica y ella les habían enseñado a hacer. En opinión de papá, fomentar la atención masculina era como correr desnuda por Colchester golpeando un tambor.

El único hombre que ella deseaba, que había deseado alguna vez, estaba a pocos pasos. Un hombre que estaba más allá de su alcance, lo sabía muy bien. Un hombre con el que media a todos los demás, lo cual era realmente injusto, ya que era imposible que nadie más pudiera competir con el duque. Al menos así era en su mente.

Un hombre cuya elevada posición requería la atención de papá, pero también un hombre que su padre nunca aprobaría. El duque de Sutcliffe era precisamente la clase de hombre que papá despreciaba, uno que vivía sólo para el placer, o eso decía su padre. Sinceramente, ella no creía que él admirara a nadie más que a los clérigos, y ningún otro bastaría para sus hijas.

El viento silbaba entre las lápidas y el duque se inclinó para recoger su abrigo y su sombrero. El crepúsculo estaba ya completamente sobre ellos, y la luz de las velas que brillaba en las ventanas de la casa parroquial, daba un brillo acogedor al cementerio.

Theadosia le envió una breve mirada habladora antes de bajar la atención a sus pies en lo que papá supondría que sería un comportamiento tímido, pero que era, de hecho, la única pista que podía dar al duque de Sutcliffe.

Ella no podía moverse para no revelar la botella.

Si papá descubría que Su Excelencia estuvo bebiendo licor mientras estaba en los terrenos de la iglesia, le daría una apoplejía. No sería bueno que su padre prohibiera la entrada a la iglesia de Todos los

Santos al hombre más poderoso del condado. Tampoco serviría que papá ofendiera al recién llegado duque. Y desde luego, no serviría que la pillaran escondiendo la botella.

La ira de papá, aunque solía ser rara, era aterradora.

Sutcliffe se echó el abrigo sobre el antebrazo y sujetando su sombrero de castor entre el índice y el pulgar, reflexionó sobre la tumba de su padre.

—Le ruego que me disculpe, aunque la hora se hace tarde. Agradecería unos momentos más a solas.

Papá apretó los labios en señal de comprensión y asintió.

—Sí, por supuesto. Señor Leadford, disfrutemos de una copa de oporto en el salón antes de la cena, ¿le apetece? Creo que antes he olido fricasé de pollo y pastel de cerezas—. Hizo un gesto al otro clérigo para que lo acompañara y se detuvo para mirar por encima de su hombro. —Estoy deseando verlo a usted y a su madre el domingo por la mañana.

—Ha sido un placer conocerlo —repitió el señor Leadford mientras se inclinaba para recoger la cesta desechada. Había discernido claramente a quién pertenecía y parecía que pretendía ser el galán.

Con una sonrisa de aprobación, papá ni siquiera preguntó por qué ella había abandonado la cesta.

¡Alabado sea el Todopoderoso por los pequeños favores!

En cuanto su padre se apartó, la atención del señor Leadford se dirigió a sus pechos, luego más abajo todavía y aquello hizo que se le revolviera el estómago.

Ahora los pelos de su nuca se erizaron y Thea resistió el impulso de querer retirarse de su mirada maliciosa.

Rogaba a Dios que el señor Leadford no fuera el esposo elegido por papá para ella.

A los veinte años, Theadosia no podía seguir alegando que era demasiado joven para casarse, y cada día era más evidente que papá pretendía elegir un hombre de su misma calaña para sus dos hijas menores.

Era su propia culpa que ella quisiera algo más que una compañía espiritual.

No, su amiga, Nicolette, tenía parte de la culpa por haberle hecho leer novelas románticas a escondidas a Theadosia. Estaban ocultas bajo una tabla del suelo, debajo de la cama que compartían Jessica y ella. Nicolette había prometido prestarle sus últimos libros cuando Theadosia la viera la próxima vez.

Que Dios la ayudara si papá se enteraba de ellos. No era un hombre duro o irracional; simplemente tenía un código moral muy estricto que aplicaba con vehemencia. Más aún desde que Althea se había fugado.

Sutcliffe inclinó la cabeza antes de dirigir su atención a Theadosia y despedirse de ella con un asentimiento y una mirada penetrante.

—Señorita Brentwood.

—Su Excelencia—. Ella hizo una reverencia pero no se movió.

Papá estaba demasiado cerca.

Sin duda, aunque la noche estaba sobre ellos, vería la botella verde jade.

—Theadosia, ¿por qué estás ahí de pie? —Su padre la miró fijamente y apretó la boca en una mueca severa. —Su Excelencia pidió privacidad. Entra deprisa. Tu madre y tu hermana necesitan tu ayuda con la cena. Ven ahora.

Hablando en voz baja al señor Leadford, papá se

inclinó en dirección a la iglesia y el duque aprovechó la oportunidad para dejar caer su sombrero justo a sus pies.

—Le ruego que me disculpe.

Su boca se crispó con disimulada diversión.

Theodosia se apartó cuidadosamente mientras él se ponía en cuclillas y recuperaba el sombrero mientras metía la botella bajo los pliegues de su abrigo con la otra mano.

—Oh, bien hecho —susurró ella, disfrutando bastante de su complicidad.

—Gracias por ahorrarme una gran vergüenza—. Su tono confidencial hizo que se sonrojara. —Y por contarme lo de la enfermedad de mi padre.

—¡Theadosia Josephine Clarice! —Algo más que impaciencia tiñó la voz de papá. —Deja de perder el tiempo.

¿Acaso su padre había percibido su interés por el duque?

—Ya voy, papá.

—¿Señor Brentwood?

Su Excelencia se quedó mirando por encima de su cabeza.

Papá se giró, arqueando una ceja canosa.

—¿Sí?

—Veo que la tumba de mi padre está bien cuidada y se lo agradezco.

Theadosia era la responsable de esa tarea, aunque le costaría dar una excusa de por qué. Se había convencido que era por el bien de la duquesa de Sutcliffe. Todavía afligida, la mujer visitaba la tumba de su marido durante una hora todos los domingos después de los servicios. Cuando el tiempo lo permitía, también almorzaba allí, sus sirvientes le ponían una mesa tan fina como si estuviera cenando en el castillo de Windsor con el rey.

Pobre señora.

La aguda mirada de papá se deslizó de nuevo hacia Theadosia, pero se limitó a bajar la cabeza y no reveló su secreto. Era curioso. No importaba que el duque se enterara.

—Consideraría un honor que usted y su familia, y el señor Leadford, por supuesto... —Esto último parecía una idea tardía por parte del duque —se unieran a nosotros para cenar en Ridgewood el próximo viernes.

Cruzó los dedos y contuvo la respiración. Tendría tiempo de terminar su nuevo vestido para entonces. Hacía un par de meses, papá les había permitido a mamá, Jessica y Theadosia cuatro vestidos nuevos a cada una, así como una cofia, guantes y zapatillas nuevas. Nunca se habían permitido tales lujos y ahora que Su Excelencia había regresado, estaba aún más agradecida por no tener que asistir a la cena con una de sus prendas usadas.

Una cena íntima con los Sutcliffe.

¡Qué maravilla!

Sus amigas más queridas, Nicolette Twistleton, las gemelas Ophelia y Gabriella Breckensole, y su prima viuda Everleigh Chatterton exigirían todos los detalles de la cena cuando ella y Jessica se reunieran con ellas para tomar el té después.

Por favor, que papá diga que sí. Debe hacerlo. *Debe hacerlo.*

Se dirigió al lado de su padre, pero sus malditos pies se negaron a avanzar un centímetro antes de oír su respuesta.

—Será un placer, Su Excelencia. Le informaré a

Marianne.

La atención de papá se dirigió de nuevo a la gran lápida de mármol.

Víctor, es decir, Sutcliffe, había encontrado a su padre aquella horrible noche. Había liberado su cuerpo de la horca y llevado a su padre a la casa. Tal fue su angustia que después cortó el sauce y quemó hasta la última rama, incluso prendiendo fuego al tocón.

En los días siguientes al suicidio del duque, ese tema estuvo en boca de todos, excepto de los Brentwood.

—Si puedo ser de ayuda de alguna manera, hágamelo saber. Siempre estoy disponible para aconsejar a los feligreses—. La oferta de papá era genuina. Realmente se preocupaba por su congregación y por los que sufrían.

—Hay una cosa, si me permite—. Una sonrisa irónica dobló la boca del duque en un lado mientras se colocaba el sombrero sobre su oscura cabeza. —Agradecería mucho que usted realizara la ceremonia de mi boda en agosto.

Theadosia se sonrojó, pero de repente se le heló la

sangre y después se sonrojó con más fuerza.

La humedad inundó sus ojos, empañando la hierba que contemplaba.

Él está comprometido.

Por eso había vuelto. Por supuesto que querría casarse aquí. ¿Por qué ella no había considerado tal cosa? Su regreso no se debía a que echara de menos Colchester, en absoluto. Probablemente también se iría inmediatamente después de intercambiar los votos.

Tragándose la desilusión, obligó a sus pies a moverse. Era una estupidez haber albergado una esperanza fantasiosa todos estos años: una fantasía ridícula de una niña. Las hijas de los rectores no podían, ni debían, esperar a tener pasión y aventuras. Eso era una tontería de las novelas románticas. No, se casaban con hombres de la misma posición, eso era todo. Hombres religiosos, tranquilos, con ojos bonitos y rostros amables.

Pero no con hombres que miraran de reojo a los pechos femeninos.

—En efecto. Lo felicito—. Una sincera emoción iluminó la voz de su padre. A excepción de los servicios de Navidad, no había nada que le gustara más que celebrar una boda. —¿Conocemos a quien será su futura duquesa?

¿La conocían?

Por favor, Dios, no una de mis amigas.

No, las chicas habrían mencionado algo tan monumental, y no había habido ni un susurro sobre las próximas nupcias del duque de Sutcliffe.

Una persona de fuera, entonces.

Probablemente una elegante debutante de sangre azul con una piel de alabastro inmaculada, pies menudos y una dote tan inmensa que ni un equipo de caballos de carga podría tirar del tesoro.

La dote de Theadosia no llenaría ni una tetera. O una taza de té, si ese fuera el caso.

No pudo resistir dar una última mirada por encima del hombro y su mirada chocó con la de Sutcliffe.

—Tal vez—. Otra sonrisa, esta vez sin humor, lo que hizo que la boca de Su Excelencia subiera un poco. Parecía estarle hablando directamente a ella. —Confieso que aún no sé quién será.

Capítulo 3

A la tarde siguiente, después de sufrir un dolor de cabeza y de estómago matutino debido a su exceso de indulgencia, Víctor se dirigió al solario.

Los mismos retratos y cuadros con marcos dorados se alineaban en las paredes, las mismas alfombras de Aubusson adornaban los suelos, y las mismas baratijas y chucherías valiosas coronaban las mesas de palisandro mientras recorría el amplio pasillo que conducía al ala oeste.

Todo seguía igual que cuando se marchó, sin embargo nada volvería a ser igual. Había visto lo peor de sí mismo mientras intentaba enterrar su dolor y su ira. Beber, ser mujeriego y jugar... participar en todos los vicios de los que su progenitor se había abstenido y denunciado.

Mientras se frotaba la ceja izquierda con las yemas

de dos dedos, cerró los ojos por un momento. Un dolor persistente se había instalado allí. La experiencia pasada le había enseñado que el dolor le acompañaría durante varias horas. ¿Cuántas resacas más tendría que soportar antes de renunciar a la embriaguez?

Qué decepción se llevaría su padre. Y también su madre.

Y con toda la razón, pues hasta ayer, Víctor había tenido la intención de encontrar a la señorita más humilde y amable para tomarla como esposa. Y cuando regresara a Londres para reanudar su estilo de vida mujeriego, la dejaría en Ridgewood para que le hiciera compañía a mamá. Ese plan no había cambiado, pero saber que su padre se había quitado la vida en lugar de dejar que el cáncer se la robara había cambiado lo que sentía por su progenitor.

Pero no era diferencia suficiente como para que quisiera quedarse en Ridgewood, aunque el conocimiento le quitó la excusa para seguir divirtiéndose en exceso.

Más o menos.

Ahora, un nuevo temor se burlaba de él. El abuelo

también había muerto de cáncer, al igual que un tío. ¿Era Víctor la próxima víctima de la enfermedad? ¿Acaso ese horror le acechaba en el futuro?

Una sonrisa de desaprobación a sí mismo ladeó sus labios mientras golpeaba suavemente el marco de la puerta abierta del solario.

—¿Tienes un momento, mamá?

Quitándose las gafas de la nariz y dejando a un lado el libro que estaba leyendo, ella le sonrió con un cálido saludo y palmeó el sofá.

—Víctor, querido. Por supuesto que sí. ¿Qué es lo que necesitas?

Dos años después de cumplir la quinta década y con sólo unos pocos mechones plateados entre su cabello de ébano, su madre era una mujer encantadora. Él había heredado su cabello y su boca, pero eran los ojos de su padre los que le devolvían la mirada en el espejo cada mañana.

Se le revolvió el estómago.

¿Alguna vez se quitaría de la cabeza la imagen de aquellos orbes abultados y sin vista?

Besó su mejilla levantada, la piel ligeramente

empolvada, suave y sin arrugas. Apartando a su gato peludo, Primrose, se acomodó en el cojín de brocado rubí junto a su madre. Ahora su chaqueta granate oscura estaría cubierta de pelo felino anaranjado y blanco.

Primrose abrió su único ojo cetrino y bostezó, mostrando sus afilados colmillos antes de estirarse perezosamente y saltar al suelo. En un alarde de inmodestia, procedió a acicalarse.

¿Por qué se le había ocurrido mandarle a su madre la tal bestia sarnosa cuando la encontró herida junto a un barril en el muelle de Londres?

Porque sabía que su madre se sentía sola.

Con sus ojos azules rebosantes de felicidad, ella le dio una palmadita en la mejilla como lo había hecho cuando él era un muchacho pequeño.

—Me alegro que estés en casa, Víctor.

Ella nunca se había quejado de su abandono, lo que servía para aumentar su sentimiento de culpa.

Naturalmente, él le escribió al menos una vez a la semana y también le envió regalos. Sus dos hermanas la visitaban regularmente, con sus maridos e hijos. Su madre se lo decía en sus cartas. Pero aparte de la docena de miembros del personal que mantenían Ridgewood Court funcionando sin problema y su mimado gato tuerto más allá de la redención, nadie más residía en la casa.

Tres veces él había ordenado que se preparara el carruaje para el viaje de Londres a Colchester. Al final, la grotesca imagen del cuerpo colgante de su padre girando en espiral le hizo buscar una bebida fuerte.

Maldito fuera por ser un egoísta; si no fuera por la estipulación del testamento de su padre sobre casarse antes de cumplir los veintisiete años o de que todo lo que no fuera de su propiedad, incluido Ridgewood Court, se transfiriería a su primo, posiblemente Víctor no hubiera regresado ni siquiera ahora.

Nunca sabría por qué su padre añadió ese apéndice sólo unos meses antes de morir. En la lectura del testamento, su madre se había sorprendido igualmente por la disposición adicional.

Pero su madre amaba Ridgewood Court. Fue aquí donde llegó como una nueva novia y aquí había dado a luz a sus tres hijos. Y fue aquí donde su marido, el hombre al que había adorado durante veintiocho años, se había quitado la vida.

¿Acaso ella supo que su padre tenía cáncer?

Ella no sufriría más pérdidas ni dolor si Víctor podía evitarlo. Seguro que ella no perdería su hogar, lo que significaba que él tenía poco más de un mes para encontrar una prometida apropiada. Había elegido volver a Colchester, al hogar de su infancia, con la esperanza de que allí o en algún lugar de Essex, pudiera encontrar a una mujer que se contentara con permanecer en Ridgewood mientras él reanudaba su vida en Londres.

Era poco probable si quería un heredero. Pero al fin y al cabo, ¿lo quería, dado el cáncer que había en la línea familiar? Menos aún era la posibilidad que fuera tan feliz como lo fueron sus padres, ya que el suyo fue un matrimonio por amor.

De hecho, si tenía alguna oportunidad de cumplir con el plazo de su padre, tendría que solicitar la ayuda de su madre. No debió haber esperado tanto tiempo para volver a Ridgewood, pero cada vez que se planteaba volver a casa, la visión del cuerpo sin vida de su padre lo detenía.

Incluso ahora la imagen lo atormentaba.

El cadáver había estado tibio cuando Víctor lo encontró.

Si hubiera llegado unos instantes antes podría haber salvado la vida de su padre. Pero tampoco supo lo del cáncer. ¿Habría sido mejor ver a su padre morir de forma lenta y dolorosa?

Su madre tomó la mano de Víctor y le dio un pequeño apretón en los dedos.

—¿Víctor? ¿Qué sucede? Pareces preocupado y sólo es tu primer día en casa.

—Mamá, hay algo sobre la muerte de papá que quizás no sepas.

Su expresión inexpresiva reveló lo que él sospechaba. Ella tampoco lo supo.

—Él no sólo... —Hizo una pausa y cubrió su mano con la suya. —Papá tenía cáncer de estómago.

Su madre jadeó y se llevó la palma de la mano a la garganta mientras las lágrimas comenzaban a brotar. Luchando por controlarse, sacó un trozo de encaje de su manga y se secó los ojos. Por fin, se recompuso y levantó sus ojos llenos de dolor hacia los suyos.

—Sospeché que estaba enfermo, pero cuando le pregunté, me dijo que no había que preocuparse. ¿Cuándo y cómo lo supiste?

—Ayer, en la iglesia de Todos los Santos. Me lo contó Theadosia Brentwood. Escuchó a su padre hace tiempo y temía hablar de ello. Me alegro que lo hiciera. No saber por qué era fue lo que me carcomía.

—Créeme, cariño, lo entiendo muy bien—. Ella esbozó una sonrisa temblorosa y frágil. Se sorbió la nariz y nuevamente se limpió el rabillo del ojo con el pañuelo. —Cáncer—. Ella asintió con los labios apretados. —Sí, él no habría querido morir de esa manera, como lo hizo su tío. Fue horrible.

¿Ahorcarse era mucho mejor?

Víctor se sacudió sus morbosas cavilaciones mentales y forzó una sonrisa alegre.

—Espero que no sea una imposición, pero mientras visitaba la tumba de papá ayer, invité a los Brentwood y al nuevo vicario a cenar con nosotros el próximo viernes.

Mejor no decirle a mamá que había sido un borracho sensiblero cuando Thea se topó con él.

Thea.

Casi se había quedado mudo al verla. Sus suaves ojos castaños, del color del azúcar ligeramente quemado, también dulces y cálidos, se habían iluminado de alegría cuando lo reconoció. Una alegría equivalente se había desprendido también de su alma.

Por Dios, se había convertido en una belleza.

Incluso estando tan ebrio como estaba, notó el brillo de su piel de marfil, sus cejas finamente arqueadas, aquella boca rosada y alegre que enmarcaba su rostro ovalado.

No era un ratón tímido.

Definitivamente ella no encajaba en su bien pensado plan de casarse y abandonar a su mujer.

¿De dónde había salido esa idea? Sin duda alguna era ridículo.

—Tenemos mucho tiempo para prepararnos. No es una imposición en absoluto. De hecho, con tu permiso, me gustaría hacer una fiesta en casa en un par de semanas más o menos—. Los ojos de su madre brillaron y le dio dos palmaditas de emoción. —Oh, ¡tengamos un baile también, Víctor! Eso si estás de acuerdo. Hace mucho tiempo que la música y la alegría no llenan Ridgewood. Tus hermanas podrían venir a quedarse también.

¿Cómo podría él negárselo?

Victor asintió, relajándose contra el respaldo del sofá mientras pasaba el tobillo por su rodilla.

—Sí, me parece una gran idea. Invita a los Brentwood, ¿no?

—De acuerdo, cariño, pero dudo que asistan.

Dejó de juguetear con la almohada del tapiz. —¿Por qué?

—No creo que lo sepas, pero la mayor de los Brentwood se fugó hace un par de años. Con un músico o acróbata ambulante o alguna persona poco prometedora—. Ella agitó su mano casualmente. —Causó un gran revuelo. Debes saber que el reverendo no habla de ella en absoluto, ni permite que otros lo hagan. A sus hijas rara vez les permite participar en actos sociales que no estén relacionados con la iglesia. Puede que no les permita asistir a la fiesta o al baile.

—Eso es terriblemente duro, ¿no lo crees?

Eso explicaba por qué Thea se había preocupado

que la sorprendieran con él ayer. También descartaba su excusa para volver a tenerla en brazos mientras la paseaba por el salón de baile o la terraza.

Su madre giró un hombro. —Es un hombre de creencias rígidas y aunque no apruebo el comportamiento escandaloso de su hija, creo que es más prudente ser misericordioso y lento para juzgar. No siempre sabemos lo que motiva a alguien a tomar medidas extremas.

Afligida su madre inclinó rostro.

Ahora se refería a su padre.

Incluso después de todo este tiempo, le dolía. Habían sido almas gemelas y cuando su padre murió, una parte de su madre también lo hizo. Había pocas posibilidades de que se casara de nuevo. Sin embargo... Tal vez él añadiría un nombre o dos a la lista de invitados. Caballeros disponibles de cierta edad que *él* aprobara. Nada de pícaros ni rastreros, nada de hombres de *su calaña* para su madre.

Dudó por un momento. También podría pedirle ayuda a su madre para conseguir una prometida. Eso podría ayudar a distraerla. —Estoy seguro que recuerdas que debo casarme en agosto, o la propiedad no heredada se transfiere a Jeffrey.

Jeffery era un chico decente y aun así le molestaba pensar que él iba a heredar simplemente porque Victor se había demorado demasiado en encontrar a una duquesa.

—Lo sé, querido—. Una sonrisa suave y comprensiva curvó su boca. —Y sabía que cuando estuvieras preparado, volverías a casa y te enfrentarías a ese dragón. Siendo sincera, no puedo entender qué poseyó a tu padre para añadir esa estipulación.

Ni tampoco Víctor, a menos que fuera para garantizar que el ducado tuviera un heredero. —Nunca lo sabremos, pero espero que puedas aconsejarme en mi búsqueda de una esposa. Tú sabes más que yo sobre quiénes son las jóvenes elegibles de la zona y sabes lo que requiero en una duquesa.

No le cabía duda que, eligiera a quien eligiera, la dama elegida aceptaría de buen grado la unión. ¿Qué mujer sensata rechazaría convertirse en duquesa?

Con expresión contemplativa, su atención centrada en los jardines más allá de las ventanas con parteluz, ella sostuvo su barbilla entre el pulgar y el índice doblado.

—¿Qué hay sobre el amor, querido? De verdad preferiría que pudieras esperar hasta que encuentres a alguien a quien ames.

Víctor suspiró y se frotó la frente con las yemas de los dedos.

—No dejaré que pierdas tu hogar por culpa de mi egoísmo—. Contrajo los labios en una mueca. No le causaría más infelicidad. —Sé que amas Ridgewood.

—Cariño, puedo vivir en cualquier lugar mientras mis hijos me visiten. Tus hermanas me han invitado a vivir con ellas en numerosas ocasiones, pero me he quedado en Ridgewood por ti—. Mientras acariciaba su mano, le ofreció una suave sonrisa. —Fue para darte una razón para volver y enfrentarte a tus demonios.

¿Se había quedado aquí sola cuando podría haber estado con una de sus hijas y nietos? Razón de más para no querer defraudarla.

—Y es por tu generosidad, madre, que no puedo ignorar el codicilo.

—Víctor, incluso el mejor de los matrimonios soporta muchos desafíos, y me preocupa que sin amor...

—Lo he considerado, pero lo máximo a lo que puedo aspirar en esta coyuntura tardía es a encontrar a alguien compatible. Mi padre me robó la oportunidad del amor.

Menos mal.

Como no era de los que se engañan a sí mismos, sabía que un matrimonio de conveniencia apenas suponía un riesgo de destrozar su corazón. Su madre era una persona mucho más fuerte que él, porque no se arriesgaría a amar a alguien con todo su ser como lo hicieron sus padres. Había visto lo que esa clase de afecto le hizo a su madre. Presenció su total devastación. No, mejor no tener emociones involucradas, sobre todo porque se estaba precipitando en el *bendito* evento y él también podría morir de cáncer.

Finas arrugas de preocupación se abanicaron en las esquinas de sus ojos cariñosos mientras examinaba su rostro, su madre pareció tomar una decisión. Inspiró profundamente y unió ambas manos.

—Muy bien. Empecemos con una lista de invitados que incluya a todas las jóvenes elegibles de Essex.

—¿Todas? —Precisamente, ¿cuántas eran? —Estaba

pensando en media docena de las jóvenes más tranquilas y complacientes...

Su madre rio encantada.

—Oh, cariño, no, no—. Otro trino de risa inundó la habitación. —Serías completamente miserable con una esposa dócil. ¡Oh, Dios mío, no! Eres demasiado intenso para tolerar a una duquesa sumisa y obediente durante mucho tiempo. Ella te aburriría en meses y me temo que te desviarías. Eso sería injusto para ella, ya que sé demasiado bien que eres un hombre que exigirá fidelidad a su duquesa. No, creo que una chica enérgica que da tanto como recibe es una opción mucho mejor para ti.

Demonios del infierno.

Ella acababa de arrojar un enorme obstáculo en su plan, incluso si ella tenía la maldita razón.

—Sin embargo, para evitar herir sentimientos, invitaré a todas las damas solteras de Essex. Incluso a las solteronas de Nabity. ¿Eso te satisface?

La boca de ella tembló y él sonrió. Su buen humor era contagioso.

—¿Tal vez deberías seleccionar a las que están en

edad de procrear, a menos que no quieras más nietos?

¿Realmente podría someter a sus hijos a la misma clase de dolor que él había soportado si este nuevo temor al cáncer se hacía realidad? ¿Y si sus hijos eran susceptibles de padecer la enfermedad del demonio?

¿Qué otra opción tenía?

¿Dejar que Jeffery heredara el ducado? ¿De qué serviría eso? Tenían un abuelo en común y su tío abuelo paterno había muerto de cáncer.

—Debes saber que es posible no tenga descendencia.

—¡*La*, Victor Nathanial Horatio, no digas una cosa tan perversa! Los Sutcliffe nunca hemos fracasado en ese aspecto—. Ella le dio un manotazo en el brazo y mientras se levantaba del sofá, se rio. —Debes admitir que organizar un baile e invitar a todas las mujeres elegibles de la zona para poder encontrar una duquesa se parece al cuento de hadas Cendrillon, ¿no es así?

Víctor también se puso de pie. Le pasó el brazo por los hombros y le besó la coronilla.

—Excepto que no soy un príncipe y no habrá un mágico "felices para siempre".

—No estés tan seguro. Supe en cuanto vi a Sutcliffe que me casaría con él, y él juró que se había enamorado de mí durante nuestro primer baile—. Perdida en sus recuerdos de antaño, una triste y frágil sonrisa ladeó su boca. Después de un momento, se recompuso y le dio una palmadita en el hombro. —Si tienes a alguien más a quien quieras invitar a la fiesta y al baile, además de los amigos a los que ya escribiste para preguntarles si podían visitarte, puedes decirme sus nombres más tarde—. Sí, así como el banquero de mediana edad Jerome DuBoise y el viudo Mayor Rupert Marston. Uno u otro caballero podría ser la solución a la soledad de su madre.

—En momentos como éste, desearía tener una secretaria. Primrose va a ayudarme, ¿no es cierto, cariño? —Se agachó y tomó a la gatita en sus brazos. —Ahora vete, cariño. Toma un poco de aire fresco. Tengo que hablar con la cocinera sobre el menú de la semana que viene y tengo que hacer una lista de invitados.

En efecto, ella conocía bien a Víctor. Entendía que esta charla de bodas y novias y bailes exigía un precio que él no podía mantener oculto.

—Gracias, mamá. Creo que iré a dar un paseo antes de mi cabalgata. Hay otro dragón al que debo enfrentarme.

Este es un demonio masivo, furioso, que escupe fuego y que debía conquistar antes que la criatura lo destruyera.

Si iba a casarse y permanecer en Ridgewood Court durante un tiempo, debía enfrentarse a la imagen que lo atormentaba. Tras darle otro abrazo y rascar a Primrose detrás de sus desaliñadas orejas, se dirigió a la puerta.

—Oh, Víctor. Tenemos que fijar una fecha para el baile. Hay luna llena en tres semanas. ¿Es demasiado pronto? —Su madre lo había seguido hasta la puerta. —Así tendrás tiempo si no encuentras a tu prometida antes o en esa noche.

Su forzada alegría no lo engañó. Ella no lo aprobaba, pero como lo amaba, apoyaría su precipitada decisión.

—Tres semanas está bien—. Sintiéndose decididamente malvado, le guiñó un ojo. —De hecho, por qué no pones *Duque busca Duquesa* en la invitación. Mejor aún, *un baile decidirá cuál será la duquesa del duque de Sutcliffe.*

—Has heredado el divertido sentido del humor de tu padre, cariño, pero creo que estás en lo cierto. Déjame reflexionar sobre ello—. Ella le hizo un gesto con la mano, indicándole que la acompañara a la puerta. —Ahora vete.

Quitándose un peso de encima, Victor salió de la casa después de pedirle a Grover, el mayordomo, que enviara un mensaje a los establos para que ensillaran a Acheron.

En efecto, su madre se encargaría que todas las señoritas elegibles de todo Essex fueran invitadas al baile. Todo lo que tenía que hacer era elegir a una para que fuera su duquesa. Pero ¿cómo elegir a la correcta? O más bien, ¿no la peor?

¿Qué era lo que realmente quería en una esposa?

¿Una mujer dócil y tímida, o bulliciosa y audaz?

¿Una pícara o un ángel?

¿Por qué no podía ser un poco de ambas cosas?

Le vino a la mente la sonrisa traviesa de Thea.

Ayer había probado esa dulce boca. Probó lo

suficiente como para querer más. Ansiaba algo más que conformarse con un matrimonio de conveniencia. *Un matrimonio por necesidad.*

Pero el tiempo estaba en su contra, él ya había sido bastante egoísta, y ninguna fuerza en la Tierra de Dios le impediría casarse para que su madre permaneciera en Ridgewood.

De alguna manera, no creía que Theadosia Brentwood fuera la clase de mujer que se casara por posición o conveniencia, y era una pena. Suspiró. De lo contrario, pondría fin a su búsqueda de una duquesa antes de empezar. No importaba que fuera una plebeya. No le importaba que no hubiera salido de Colchester en toda su vida y que no supiera nada de las costumbres de la *alta sociedad.*

O que la pícara hubiera mentido ayer con gran habilidad.

Había visto la disculpa en su suave mirada, había notado que le suplicaba en silencio que no la traicionara.

Seguramente, si le ofrecía matrimonio, ella se contentaría con permanecer aquí, cerca de su familia, y disfrutar de los privilegios de una duquesa mientras él regresaba a Londres. Ella no parecía ser una persona exigente. Pero tampoco era una dama tímida y complaciente. Ni mucho menos.

Aunque él había estado en sus copas, ella había despertado más que su interés. Theadosia Brentwood no era la clase de mujer que un hombre dejaba atrás y olvidaba mientras se divertía en Londres.

Tampoco había pasado por alto la mirada de halcón del señor Brentwood. El hombre no era ningún simplón y Víctor juraría que el reverendo adivinaba que había ocurrido algo más entre Thea y él, pero había optado por guardar silencio sobre el asunto.

El hecho de que Thea hubiera comentado sobre una considerable donación para el órgano de cámara y las nuevas vestimentas del coro, probablemente tuviera mucho que ver con el silencio del rector. Pareció tan arrepentida después de esa pequeña mentira. Víctor nunca la humillaría discutiendo su afirmación; lo había hecho para protegerlos a ambos.

No podía recordar la última vez que había esperado por algo como el ver a Thea de nuevo. El viernes siguiente no podía llegar lo suficientemente pronto para él. Entonces, con suerte, Pennington, Bainbridge, Westfall y Sheffield, cuatro de sus allegados, asistirían a la fiesta de la casa y al baile. También Dandridge y su prometida.

Casi como en los viejos tiempos, cuando los muchachos venían de la universidad.

Casi...

Obligó a sus pies a tomar el serpenteante sendero que pasaba por los establos hacia el palomar. Un trío de sauces gigantescos adornaban el prado cerca del lago, con sus ramas onduladas crujiendo suavemente. No quedaba rastro del árbol que Víctor había cortado y quemado.

Como hace la naturaleza, esta había recuperado el suelo carbonizado. Ahora la zona estaba cubierta de una hierba exuberante, con una alfombra verde salpicada de tonos rosas y amarillos de petirrojos, ranúnculos, flores de borbonesa rojo y tréboles enanos.

La opresión en el pecho disminuía con cada paso hasta que se detuvo en el lugar donde antes se alzaba el sauce. Cerrando los ojos, llenó sus pulmones al máximo y luego exhaló una larga bocanada de aire. Por primera vez en más de tres años, comprendió por qué su padre se había quitado la vida.

Había querido ser dueño de su propio destino, no estar al capricho de una enfermedad despiadada.

Ahora Víctor podía dejar de lado su dolor y su confusión. También su ira.

—Te perdono, padre —murmuró suavemente. —Ya no puedo juzgarte ni culparte. Nunca debí hacerlo.

Porque si él se enfrentara a las mismas circunstancias, ¿no haría lo mismo?

No. No lo haría.

Elegiría luchar contra la muerte hasta su último aliento.

La paz envolvió a Víctor y un peso aún mayor cayó, esta vez de su alma.

Una tórtola arrulló cerca. Probablemente se encontraba en un nido en uno de los sauces.

Abrió los ojos y sonrió, por primera vez se sintió realmente feliz de estar en casa.

A través del bosquecillo de fresnos más allá del campo, un destello de color llamó su atención. Un grupo de mujeres paseaba por el camino que llevaba a

Colchester y una de ellas llevaba un conocido gorro de paja adornado con rosas azules.

Thea.

En un santiamén, corrió a los establos y montó a Acheron. Como un macho encaprichado, hizo galopar al caballo alrededor del lago para interceptar a las damas en el lugar en el que el bosque era paralelo al sendero antes de llegar a una curva pronunciada del camino.

Cuando salió de la sombra de los árboles, las mujeres dejaron de charlar y miraron hacia arriba.

Alcanzando a quitarse el sombrero, se dio cuenta que había estado tan consumido por los pensamientos de su padre, que lo había olvidado. También los guantes. En su lugar hizo una ligera reverencia.

—Buenas tardes, señoritas.

Su intención era saludarlas a todas, pero su atención se centró en la mujer más alta, vestida con un atractivo traje color crema y cerúleo. Los colores hacían que sus labios parecieran más rosados y sus ojos más marrones hoy. Además, complementaban a la perfección sus cabellos rubios como las fresas.

—Buenas tardes, Su Excelencia—. Seguramente la

sonrisa de Thea era un poco más exuberante y cálida de lo que la cortesía requería. —Confío en que haya disfrutado de su paseo a casa de ayer por la noche.

Traviesa. Se estaba burlando de él.

—Fue muy... aleccionador.

Sus ojos se abrieron de par en par y él pudo jurar que su boca femenina se movió ante su broma.

El whisky no le estaba haciendo mella en los sentidos hoy, y su mirada estaba fija en Thea.

Era aún más imposiblemente exquisita. El sol que se filtraba a través de las hojas que había sobre ella revelaba una mancha de pecas en la nariz y las mejillas que él no había visto ayer.

Una mujer adorablemente perfecta.

Definitivamente no era la clase de mujer adecuada para ser su duquesa. Él no sería capaz de dejar a una mujer como ella, tan sólo para visitarla un par de veces al año. Entonces, ¿por qué no siguió su camino?

—Seguro que usted recuerda a mis amigas y a mi hermana—. Thea le ahorró el disgusto de pronunciar sus nombres en caso que no lo hiciera. Levantó una mano enguantada e indicó a cada joven por turno. —La señorita Jessica Brentwood, la señorita Nicolette Twistleton, y las señoritas Ophelia y Gabriella Breckensole.

Al unísono, las otras damas se sumergieron en elegantes reverencias.

—Es un placer verlas de nuevo, señoritas.

Recordó vagamente a las Breckensole y a la señorita Twistleton, y a Jessica Brentwood, naturalmente. Se parecía mucho a su hermana, aunque su cabello era más rubio y sus ojos de color verde azulado en lugar del rico y cálido cacao en el que podría sumergirse.

Tal vez una de estas mujeres podría ser su duquesa en unas pocas semanas. Ya tenía una fuerte inclinación en cuanto a cuál de ellas prefería. Pero ella no era la elección más sabia si él pretendía atenerse a su bien pensado plan para encontrar a la duquesa perfecta: enmendable, complaciente, poco exigente, educada y fácil de llevar.

Qué aburrido.

Que lo tomen por tonto, pero su madre tenía razón.

Thea se acercó a Acheron con una mirada de

asombro en su rostro. —Oh, es hermoso. Su pelaje tiene un brillo plateado. Nunca había visto ese color.

Acheron ensanchó sus fosas nasales, absorbiendo su aroma. Entonces la bestia descarada le dio un empujón en el pecho.

Ella le acarició el cuello y soltó una risita, un gorjeo musical que no era en absoluto chirriante, como suelen ser las risas femeninas.

—¿No eres tú la criatura más encantadora? —Thea se acercó al otro lado de Acheron. Con un tono confidencial y lo suficientemente bajo como para que sólo él pudiera oírla, dijo: —Gracias por no delatarme ayer. Por favor, perdone mis mentiras. Le aseguro que no es un hábito normal.

Él se inclinó para acariciar el cuello del caballo y susurró desde el costado de su boca: —Cualquier cosa por una damisela en apuros.

Los ojos de Theo se abrieron de par en par, con un gesto de asombro.

Por impulso, le tocó la mejilla y le susurró: —Permítame visitarla mañana.

Una sombra recorrió sus radiantes rasgos y ella

negó con la cabeza, lanzando una mirada ansiosa en dirección a su hermana y sus amigas. —No. Eso es imposible. Papá no me permite recibir visitas. Es demasiado pronto después de su llegada a casa, en cualquier caso.

¿Sin visitas? ¿Pretendía el reverendo convertir a sus hijas en solteronas? ¿Era por culpa de la hermana mayor que se había largado con un tipo inapropiado?

Víctor no se rendía tan fácilmente. Theadosia Brentwood le intrigaba como ninguna mujer lo había hecho.

—Entonces camine conmigo. ¿Nos vemos en el extremo este del huerto de Fielding, junto a Bower Pool a las diez de la mañana?

—De acuerdo—. Una sonrisa complacida sesgó su boca femenina y sus mejillas se sonrojaron convenientemente mientras dejaba de mirar, concentrándose una vez más en el caballo de él.

Sólo con un esfuerzo supremo Victor logró dominar la ridícula sonrisa que amenazaba con partirle la cara.

Las otras mujeres permanecieron en un silencio

poco natural. Cada vez que sus hermanas habían estado en compañía de sus amigas, la charla y las risas rara vez cesaban, y ciertamente nunca por más de un segundo o dos.

Desviando su atención de Thea, que acariciaba y mimaba a su caballo mientras él reprimía una oleada de celos por el hecho de que al animal se le permitiera lo que a él no, Víctor levantó la cabeza.

El cuarteto lo miró fijamente.

Esas miradas, curiosas y especulativas, tal vez incluso con tintes de simpatía, lo hicieron pensar.

Thea les había hablado del futuro matrimonio de él.

También debió de decirles que aún no tenía una prometida.

Podía verlo en sus miradas inquisitivas.

Excepto por Jessica Brentwood. Su expresión no revelaba sus pensamientos. Seguramente las señoritas Brentwood se habían vuelto expertas en ocultar sus sentimientos con un padre tan severo como el reverendo.

La noticia de que el duque de Sutcliffe buscaba una futura esposa para agosto se extendería más rápido que un fuego en el heno seco. Tal vez invitar a todas las mujeres disponibles en edad de casarse a un baile no era la decisión más sensata.

Por supuesto que no lo era, pero ahora no tenía muchas opciones, ¿verdad?

Llevaba demasiado tiempo dándole vueltas al cortejo, conquistar y hacer las visitas, y como el tiempo apremiaba, esta estrategia era la mejor que se le podía ocurrir.

Casi se le escapa un bufido burlón.

Sólo un duque se atrevería a *esta* tontería.

Volvió a contemplar la cabeza inclinada de Thea.

¿Por qué buscar más?

El traqueteo de las ruedas y el repiqueteo de los cascos lo alertaron que se acercaba un transporte.

Sintió la mirada de Thea en su rostro con la misma seguridad que si pasara sus largos dedos por sus rasgos. Se encontró con sus bonitos ojos color café, y en sus profundidades, también percibió compasión.

Eso era demasiado.

Ciertamente, no quería compasión de Theadosia Brentwood. Sintiéndose muy joven, inclinó la cabeza.

—Estoy deseando que llegue la cena del próximo viernes, señoritas Brentwood. Damas, ha sido un placer volver a verlas.

Se había callado lo de la fiesta y el baile. En cualquier caso, se enterarían pronto. Dada la eficiencia de su madre, las invitaciones se enviarían el lunes. Al menos así ella tendría algo que esperar, algo en lo que ocupar su tiempo.

Necesitó de un gran autocontrol para seguir cabalgando y no mirar atrás para ver si ella observaba su retirada. No sería prudente mostrar parcialidad con nadie todavía. Sobre todo teniendo en cuenta la reputación de decoro del buen reverendo.

¿Qué haría el señor Brentwood si supiera que Thea había accedido a pasear con Víctor sin compañía?

¿Ponerle alquitrán y plumas? ¿Encerrarlo con grilletes? ¿Excomulgarlo?

Mientras desviaba a Acheron hacia el camino de entrada a Ridgewood, miró por encima del hombro, incapaz de resistir una última mirada a Thea.

En su lugar, se encontró con la temible mirada del reverendo.

Capítulo 4

Cuatro días después, Theadosia echó una mirada casual pero apresurada detrás de ella mientras giraba por el camino que llevaba a Bower Pool.

Bien. No había nadie a la vista, y se relajó un poco.

Había tenido que hacer algo para conseguir una hora de ausencia cada día, pero sus padres fomentaban las visitas benévolas y daban por hecho que se dedicaba a tareas de caridad. Llevar su cesta le ayudaba a conseguir el pretexto. Siempre había un feligrés enfermo al que llevarle sopa, una viuda anciana y solitaria con la que compartir una taza, o recados que hacer en Colchester.

Jessica había levantado sus hermosas cejas los dos últimos días, pero no dijo nada.

Era posible que Theadosia tuviera que confiar en su hermana, pero se resistía a hacerlo porque Jessica también sufriría la ira de papá si se enteraba de sus reuniones clandestinas.

Theadosia hizo un pequeño e irónico movimiento de cabeza.

En que se había convertido.

Esconderse para encontrarse con un hombre, de la misma manera que lo había hecho Althea.

Theadosia se arriesgaba de buen grado a la ira de papá, pues cada minuto con Victor se convertía en un recuerdo entrañable. Su amistad, su mayor tesoro. Esperar más no era sabio, así que no se permitió ese lujo. Aprovechaba cada momento que se le regalaba y se negaba a mirar demasiado lejos en el futuro, porque en el horizonte se vislumbraba la noticia de que él volvería a casa para casarse.

Al igual que los dos días anteriores en que se reunieron, Víctor la esperó, lanzando piedras al tranquilo estanque mientras se recostaba contra una piedra tan alta como él.

Se detuvo a observarlo durante unos instantes, recorriendo cada plano de su apuesto rostro, simplemente empapándose de su belleza masculina.

Podría mirarlo eternamente. El alto corte de sus pómulos, la noble longitud de su nariz, su mandíbula de granito y su cabello negro azabache que brillaba bajo el sol de la mañana.

Él también parecía ansioso por encontrarse con ella cada día.

¿Podría el ilustre duque de Sutcliffe estimar realmente a la humilde hija de un párroco?

¿Disfrutaba él de su amistad tanto como ella?

La alegría burbujeó en su pecho y se le escapó un suave murmullo de felicidad.

Una mamá pato graznó una advertencia, y su nidada de ocho patitos mirones la siguieron hacia aguas más profundas.

Víctor se volvió cuando Theadosia se acercó, con una sonrisa de bienvenida en su fuerte boca. Sin embargo, eran sus seductores ojos encapuchados los que hacían que su estómago se estremeciera, que su sangre se acelerara en sus venas y que su aliento se agitara en su garganta.

Vaya, sí que era un espléndido espécimen de masculinidad.

Alguna mujer iba a tener mucha suerte.

Si no hubiera estado ya medio enamorada de él antes de que regresara, ahora se habría enamorado completamente de él. Probablemente sólo le llevaría a la angustia, pero cada vez que él le pedía que se reuniera de nuevo con él, ella aceptaba.

Aunque sólo se atrevían a pasar una hora juntos cada día, hablaban de casi todo. La separación se hacía más difícil cada vez que ella tenía que despedirse.

El domingo pasado, después de la iglesia, él se quedó fuera; estaba segura de que lo hizo para hablar con ella, pero papá la había enviado a ella y a Jessica directamente a casa, nada menos que en compañía del señor Leadford.

El hombre fastidioso había parloteado sin parar sobre su anterior cargo, su esperanza de tener pronto su propia parroquia, y luego, lo más extraño de verdad, dijo que tenía intención de casarse en breve.

No había perdido el tiempo en ese sentido.

¿Apenas llevaba una semana en Colchester y ya se había fijado en alguna joven?

¿Qué pobre doncella había elegido para ese dudoso

honor?

O tal vez estaba enamorado de una mujer que había dejado atrás. ¿Acaso la pobre sabía de su ojo errante? A pesar de sus agradables sonrisas y de su semblante placentero, había algo en el señor Leadford que a Theadosia le recordaba a una serpiente.

Enderezándose hasta su impresionante altura, Víctor arrancó una rosa de color salmón de la roca que tenía a su lado. Levantando el capullo hacia su nariz, se dirigió hacia ella con una gracia musculosa.

¿Podría algún otro hombre oler una flor y seguir pareciendo tan completamente masculino?

—Los jardines de rosas de Ridgewood están en plena floración, Thea. Me gustaría que me permitieras llevarte a conocerlos antes de que se desvanezcan.

Por costumbre, ella escaneó la zona, buscando a alguien más. Tras confirmar que estaban solos y ofrecer una sonrisa de disculpa, se relajó un poco más.

—Sabes que no puedo a menos que mamá o Jessica me acompañen. Incluso entonces, necesitaríamos una excusa caritativa legítima. Papá no aprobaría mi visita sólo para que me enseñes tus jardines.

—Entonces déjame pasar por Todos los Santos, y hablaré con él para convencerlo de que sólo tengo intenciones honorables.

¿Y cuáles eran exactamente sus intenciones?

Ella deseaba preguntar, pero también temía su respuesta. Él nunca había dado la más mínima pista de que podría considerarla como su futura esposa. ¿Por qué iba a hacerlo, cuando al menos una veintena de mujeres de noble cuna vivían a una hora de camino de Ridgewood?

Naturalmente, se esperaba que eligiera a alguien de su misma posición, para mantener puro el linaje noble.

¿No es así como funciona el mundo?

—Es demasiado pronto, Víctor.

Ella dudaba que papá permitiera que él lo visitara. Desaprobaba todo lo relacionado con el duque. Sin embargo, ella se mordería la lengua antes de decírselo.

—Desde que Althea se fugó, se ha vuelto muy protector.

Le tendió la rosa. —Toma. He elegido esta para ti. Es mi color de rosa favorito. Me hace pensar en tu cabello.

—Gracias. Es preciosa—. Aceptó la exuberante flor y no pudo resistirse a inhalar la dulce fragancia. —En la iglesia sólo tenemos rosas silvestres rosas y blancas, y no huelen ni la mitad de bien que ésta.

Como ya era costumbre, empezaron a caminar por la orilla del estanque. Las nubes cubrían el cielo, pero la temperatura había aumentado en los últimos días, así que ella sólo llevaba su spencer. Metió la rosa en la costura de la prenda, donde se acordaría de sacarla y esconderla en la cesta antes de llegar a casa.

El dulce aroma ascendía y, de vez en cuando, su barbilla rozaba los sedosos pétalos. La apretaría entre los pliegues de un pesado libro para guardarla, sacarla y mirarla cuando los demonios azules la invadieran.

Por decisión deliberada de ella, quizá también de él, nunca hablaron del inminente matrimonio de él. Asimismo, nunca la tocó, salvo para ayudarla a sortear una piedra, y luego la soltó en cuanto recuperó el equilibrio.

Theadosia se encontró deseando que no fuera tan caballeroso.

Papá se equivocaba con Víctor. Tan equivocado.

Era el hombre más caballeroso y considerado que había conocido.

—¿Has recibido la invitación para el baile?

Su pregunta era casual, pero el tono de su voz tenía una nota más seria.

—Sí, pero papá no ha dicho si podemos asistir.

Mamá, a instancias de Theadosia y Jessica, prometió hacer todo lo posible para que las dejaran ir.

Ella acercó más la cesta.

—He traído limonada y pastel de semillas—. Le dirigió una mirada tímida. —Es la receta de las hermanas Nabity. Ayer trajeron un pastel.

Los ojos de él se iluminaron y señaló una gran raíz cubierta de musgo bajo un trío de enormes hayas.

—Deja que me quite el abrigo y podemos sentarnos en él.

Unos instantes después, se relajaron sobre la fina tela, mordisqueando el delicioso pastel y bebiendo limonada directamente de la botella. Theadosia no pudo evitar fijarse en los bíceps y otros músculos que tensaban la tela de su fina camisa.

Tampoco pudo evitar observar la fuerte columna de su garganta o sus labios cuando se llevó la botella a la boca y bebió la dulce bebida.

Cerrando los ojos, ella inclinó la cara hacia arriba, disfrutando de la luz del sol que se filtraba a través de las hojas que crujían suavemente.

Esto era una bendición.

—¿Thea?

Cómo le gustaba escuchar su nombre en sus labios. La forma en que lo decía, el sonido de su lengua, sonaba como un cariño.

—¿*Sí?*

—¿Por qué aceptaste reunirte conmigo y sigues haciéndolo cuando sabes que tu padre lo desaprueba y te arriesgas a ser castigada?

Su voz venía de cerca. Muy cerca, su aliento calentando su oído y enviando los más deliciosos temblores desde su cuello hasta su vientre.

Lentamente, como si despertara de un profundo sueño, abrió los párpados y su mirada se enredó con la de él. Estaba tan cerca que podía ver los fragmentos de plata de sus ojos y oler su aroma limpio y a madera.

—Porque tú me lo pediste.

Era mucho más que eso, pero incluso con el descaro con el que había desafiado a papá, no estaba dispuesta a confesarle a Víctor sus secretos más íntimos.

Él era un hombre de mundo, ella una inexperta hija de un párroco.

Su sonrisa perezosa la bañó como un aceite cálido y fragante.

—¿Y harías cualquier cosa que te pidiera?

Él le dirigió un guiño pícaro y movió las cejas.

Ella soltó una risita y levantó la barbilla.

—Desde luego que no, señor. Soy la hija de un reverendo, el modelo de la modestia y el decoro.

—Si no fuera un hombre egoísta, no seguiría pidiéndote que te reunieras conmigo—. Le sacudió un poco de algo del hombro. —Arriesgas mucho, y es un error por mi parte ponerte en esa situación. Si tan sólo pudiera hacer las cosas de la manera adecuada...

—Sé lo que estoy haciendo, Víctor. Hay verdad en lo que dices, y cuando crea que es demasiado arriesgado, tendremos que detenernos. Pero por ahora, disfrutemos de la compañía mutua.

Él se casaría pronto, y ninguna esposa, fuera un matrimonio de conveniencia o no, quería que su esposo se reuniera con otra mujer.

Él tomó su mano y la giró, pasando las yemas de sus dedos por el interior de su muñeca.

—¿Sabes qué es lo que más temo?

¿Este hombre fuerte y dominante tenía miedo de

algo?

—No. Dime.

Cediendo al impulso de tocarlo, se apoyó en su hombro, disfrutando de su firmeza presionada contra ella.

Mirando al otro lado del estanque, respiró largamente. —El cáncer. Mi padre fue la tercera persona de su linaje en sucumbir a él. ¿Cómo puedo estar seguro de que yo o mi descendencia no seremos maldecidos también con la enfermedad? ¿Es justo que tenga hijos y los someta a esa posibilidad?

Inclinando ella la cabeza, buscó en su querido rostro.

—Víctor, nunca estamos seguros de nada en esta vida, ni podemos saber por qué las personas buenas enferman y mueren mientras que otras que son malvadas de cabo a rabo viven de maravilla—. Movió un hombro mientras deslizaba sus dedos entre los gruesos de él. —O vivimos nuestras vidas al máximo mientras podemos, o permitimos que el miedo nos robe cualquier posibilidad de alegría o felicidad.

Sus ojos se tornaron en carbón mientras él le levantaba la barbilla con un dedo doblado.

—Thea, ¿alguna vez...?

En ese momento, dos niños de piernas huesudas, que seguían a un par de perros spaniel, salieron de la cobertura de los árboles. Cuando vieron a Víctor y a ella, los niños se detuvieron y se quedaron boquiabiertos.

Maldición y doble maldición.

Ella no conocía a los chicos, pero eso no significaba que no la hubieran reconocido a ella o al duque.

Después de darse codazos y susurrar de un lado a otro, ellos se inclinaron para hacer una incómoda reverencia.

—Sus Excelencias —dijo el mayor.

Theadosia negó con la cabeza. —Oh, yo no...

Ladrando y aullando, sus perros salieron disparados tras un conejo y, habiendo saludado apresuradamente, los chicos los siguieron.

La voz excitada de uno de ellos resonó hasta ella.

—Espera a que mamá se entere de que hemos visto al duque y a la duquesa tan cerca como para escupirles.

Capítulo 5

Alisando una mano sobre el satén de color bígaro que cubría su regazo, Theadosia metió los dedos de los pies en sus nuevas zapatillas de cuentas. Una rebelión desconocida le hizo cosquillas en la lengua, y le costó un esfuerzo supremo educar su semblante en una expresión de sumisión.

Papá estaba siendo imposible.

Malhumorado y testarudo.

E injusto. *Muy injusto.*

En el asiento opuesto del carruaje, con las piernas cruzadas, las manos cruzadas y apoyadas en su barriga panzuda, dirigió a Theadosia y a Jessica su mirada más severa. El ceño fruncido que dirigía a la peor clase de pecadores. Una mirada que ninguna de las dos merecía.

Bueno, tal vez Theadosia la merecía, pero papá no sabía nada del beso del duque ni de los paseos secretos con él, ni lo sabría nunca, así que no tenía por qué ser tan severo y estar enfadado.

—Esta noche ustedes representan a nuestra casa y a la iglesia de Todos los Santos, queridas mías. Espero un comportamiento modesto y decoroso por parte de ambas. Sólo responderás a las preguntas directas de Su Excelencia, y tan brevemente como sea posible—. La severidad marcó líneas profundas en su rostro y plisó las comisuras de sus ojos. —¿Me explico, hijas?

—Sí, papá, pero ¿no pensará el duque que somos descorteses?

Theadosia se atrevió a desafiarlo, mientras Jessica asentía con la cabeza y lanzaba a su hermana una desconcertada mirada de reojo. No era frecuente que un retoño de los Brentwood discutiera con su progenitor.

Desde que se los encontró caminando hacia su casa aquella tarde de la semana pasada, los había sermoneado múltiples veces sobre el asunto. Estaba claro que no veía con buenos ojos al duque, pero tampoco podía permitirse afrentar al benefactor más generoso de Todos los Santos.

Estaba siendo injusto con Víctor. Él no había

intentado besarla de nuevo ni siquiera tomarle la mano. Ella había sido la que había tomado la suya.

Se sentía mucho más segura con él que con el idiota que estaba a su lado.

El señor Leadford, que miraba por la ventana y estaba sentado al otro lado de Thea, sin duda a propósito, inclinó la boca hacia arriba ante el intercambio, como si estuviera al tanto de algún gran secreto.

La semana pasada había sido una presencia constante y molesta. Sacando su silla para las comidas, *cada maldita comida*, ofreciéndose a llevar cualquier cosa que tuviera en la mano, y apareciendo continuamente cuando estaba sola en la casa o en los jardines.

Seguramente papá no lo aprobaría más de lo que aprobaría sus salidas secretas con Víctor.

Tres días atrás, su padre había entrado en el salón mientras ella tocaba el pianoforte y había visto al señor Leadford inclinarse demasiado cerca mientras fingía estudiar la música. Su piel prácticamente se había despegado de su carne y se había escondido debajo de la estantería.

Curiosamente, en lugar de objetar, papá le ofreció una peculiar sonrisa y salió de la habitación.

Peor aún que ese momento incómodo, era el hecho de que el señor Leadford la tocara en los últimos días.

Mucho más allá de lo normal.

Primero un leve roce de manos, luego rozando atrevidamente su cintura o su espalda. Ayer, *sin quererlo*, se cruzó con ella y le golpeó el trasero con la ingle.

Si eso había sido un accidente, ella era una monja.

Estuvo a punto de ir directamente a quejarse con mamá.

Pero él era astuto y siempre fingía no darse cuenta del contacto o le pedía perdón por su torpeza. Cada incidente podía ser excusado como involuntario. Pero no la engañaba. Cuanto más tiempo pasaba con él, más se convencía de que la piadosa fachada del señor Leadford escondía en el fondo un corazón lascivo.

Incluso le advirtió a Jessica que lo evitara y que nunca estuviera a solas con el vicario.

Si papá pretendía jugar a ser casamentero, sería

mejor que se replanteara esa idea. La avena de un día, es decir, la avena mohosa y llena de gusanos, despertaban más entusiasmo en ella que el vicario.

Además, alguien ya había cautivado su corazón y ella rezaba para que sus repetidas invitaciones a pasear juntos significaran que él la encontraba igual de fascinante, aunque no había dicho nada de eso.

Mamá, sentada entre James y papá, le dedicó a Theadosia una sonrisa comprensiva.

—Oscar, las niñas siempre han sido modelos de decoro.

Como lo había sido Althea antes de su *descenso al pecado*, como lo llamaba papá.

—No hay razón para esperar que se queden cortos esta noche, y creo que Theadosia tiene razón. Si no son cordiales, nuestros anfitriones podrían ofenderse. Entonces la iglesia de Todos los Santos podría sufrir el disgusto de los Sutcliffe—. Su tono suave y sus palabras tranquilizadoras disminuyeron un poco la tensión dentro del vehículo.

No obstante, Theadosia no pudo disipar una peculiar sensación de presentimiento.

—Habrá varios acompañantes presentes—. Mamá metió su brazo en el pliegue del codo de papá y le dio una de papá y le dedicó una sonrisa de complicidad. —No creo que debamos preocuparnos por la impropiedad de nadie.

Exactamente. Víctor había sido el epítome del comportamiento cortés. Tanto era así que ella había querido golpearle las orejas y exigirle que la besara de nuevo.

El sentimiento de culpa asolaba a Theadosia por haber engañado a sus padres, pero la emoción palidecía en comparación con el amor que bullía en su corazón. Si tenía que ser creativa y menos directa para ver a Victor, que así fuera.

Al igual que Althea tenía a su enamorado.

Excepto que Víctor no era el pretendiente de Theadosia.

Un pequeño ceño fruncido tiró de su boca hacia abajo antes de que se controlara y recompusiera su rostro en una expresión neutral.

No debería ser así.

Theadosia anhelaba ser sincera con sus padres, pero

papá lo hacía especialmente imposible, y no renunciaría a esos preciosos momentos con Víctor.

No lo haría. En cualquier caso, todavía no. Ese momento llegaría demasiado pronto.

—Su Excelencia se mostró perfectamente respetable cuando se cruzó con nosotras el otro día —se aventuró a decir Jessica antes de lanzarle a Theadosia una mirada de soslayo.

Y todos los días que se habían encontrado también.

Theadosia quiso aplaudir el atrevimiento de su tímida hermana.

—También lo fue la serpiente en el Jardín del Edén —espetó papá. —Sin embargo, Eva cedió a la tentación, y mira a dónde llevó a la humanidad.

¿Por qué estaba de tan mal humor estos últimos días?

Seguramente el encuentro fortuito que había tenido con ellas y con el duque de Sutcliffe no había sido la causa de este mal humor.

Cielos, ¿imagina lo irritado que estaría si supiera de sus paseos?

A Theadosia le había hecho mucha ilusión cenar en

Ridgewood Court, y ahora, papá casi había arruinado el evento.

¿Tenía que ser siempre tan estricto y severo?

¿Debía anticipar continuamente lo peor cuando se trataba de sus hijas?

—Vamos, ¿por qué tanto alboroto? —La sonrisa de James brilló mientras empujaba la zapatilla de Theadosia. Poseía el cabello rubio arenoso y la mandíbula cuadrada de papá, pero también tenía los ojos de mamá, que las damas admiraban bastante.

Tal y como ella había previsto, cuando James llegó, se mostró encantado de saber que el duque estaba en la residencia.

—Por todos los cielos, Sutcliffe es el mejor de los caballeros. No escuches las habladurías. Te aseguro que están adornados.

El señor Leadford emitió un sonido sospechosamente parecido a un bufido, lo que le valió una mirada acerba de James.

—Padre, no tienes que preocuparte por mis queridas hermanas, te lo aseguro.

Theadosia volvió a chocar su pie en señal de

agradecimiento. La costumbre había comenzado de pequeños, cuando no estaban de acuerdo con algo que decía su padre y querían que el otro supiera que estaban de acuerdo con su disgusto, pero no se atrevían a expresar sus pensamientos.

En la casa de los Brentwood, la palabra de papá era ley absoluta e inflexible.

Papá hizo un ruido de incredulidad en el fondo de su garganta. —El duque está buscando una esposa. Nada menos que para agosto. Él mismo me lo dijo—. Su barbilla, cada vez más gruesa, se alzó en señal de prepotencia. —Me ha pedido que celebre la ceremonia.

Aquella verdad hizo que los ánimos de Thea se desvanecieran.

Las cejas de James se dispararon hacia su espesa cabellera. —¿Caramba? ¿De verdad?

—Sí, James, yo estaba allí cuando lo dijo.

Al ver el asentimiento confirmatorio de Theadosia, su hermano tamborileó con las yemas de los dedos sobre su muslo.

—Eso es nuevo para mí. El *le beau monde* también—. Se rio y se frotó la barbilla. —Me imagino el rechinar de dientes de las muchas damiselas que perdieron su oportunidad de convertirse en la próxima duquesa de Sutcliffe. ¿Mencionó cómo piensa conseguir a su prometida, ya que desdeñó elegir entre las que se encuentran en Londres para la temporada?

Vaya, James estaba disfrutando con esto, el muy canalla.

—No, no lo hizo, y no tiene importancia para nosotros—. Papá claramente no encontró la situación divertida. —Tus hermanas no están entre las que están en consideración.

Theadosia aplastó su grito de protesta.

¿Por qué no?

—Y, por favor, dime por qué no—. Bendito fuera James por su atrevimiento. —Thea y Jess son cultas y hermosas, amables e inteligentes. Me atrevo a decir que Sutcliffe tendría la suerte de casarse con una de ellas. Me gustaría llamarlo mi cuñado.

James le dedicó a Theadosia un medio guiño secreto y travieso, y su corazón dio un vuelco.

No era posible que él supiera de su enamoramiento o de los encuentros secretos.

Había sido muy cuidadosa y no se lo había contado a nadie.

Ni siquiera a Jessica.

De hecho, nunca habló de Víctor para asegurarse de que nadie sospechara de su tendencia. Una fascinación infantil que debería haber superado, sobre todo porque no había visto ni sabido nada del duque durante los más de tres años que había estado ausente.

Le había escrito una veintena de veces, pero las cartas nunca se enviaron. De hecho, siempre las quemaba al terminarlas, sin tener nunca el valor de enviarlas.

Sin embargo, al igual que una brasa latente, en el momento en que lo veía de nuevo, el sentimiento volvía a encenderse. Casi había estallado en llamas cuando él la había besado, y el fuego seguía ardiendo con fuerza. Su intensidad aumentaba cada vez que se encontraban.

De hecho, si cerraba los ojos, aún podía sentir la firmeza de su boca sobre la suya.

Una mujer joven correcta se habría horrorizado cuando Víctor la besó. Se habría marchado rápidamente y denunciado la ofensa. Tal vez incluso le hubiera abofeteado la cara. Pero ella había querido ese delicioso beso, quería más de ellos incluso ahora.

Papá se acomodó más en la esquina del carruaje.

—Theadosia y Jessica son simples muchachas de campo, James, quiere decir poco sofisticadas e ignorantes, destinadas a casarse con hombres del clero.

Y ahí estaba.

Lo que Theadosia sospechaba desde hacía tiempo. Una ira desacostumbrada hacia él y hacia Althea brotó en su interior.

Jessica deslizó su mano en la de Theadosia y apretó sus dedos.

Una rebelión silenciosa.

Ella no tenía más interés que Theadosia en casarse con un hombre del clero. No más que Althea, pero ¿acaso sus acciones habían condenado a sus hermanas a una vida que ninguna quería?

¿No iba a tener Theadosia nada que decir sobre con quién se casaba?

¿Y Jessica tampoco?

El señor Leadford se animó al oír la declaración de papá y desvió su atención del paisaje fugaz para volver a desnudar a Theadosia con su mirada grasienta.

¿Por qué nadie se dio cuenta, excepto ella?

Él miró a los ojos de papá durante un segundo antes de mirar a Theadosia y dedicarle una inquietante media sonrisa. —Las ropas elegantes y los títulos pueden hacer girar la cabeza de una joven, pero el Buen Libro dice que Dios no hace acepción de personas, y nosotros tampoco deberíamos hacerlo.

—Y también dice que hay que dar honor a quien lo merece —dijo Theadosia.

Pomposo imbécil.

¿Quién se creía que era para darle un sermón? Si no supiera lo contrario, pensaría que su mirada era posesiva.

Sí, algo estaba sucediendo aquí.

Se acercó a Jessica, aunque el estrecho carruaje no le permitía poner mucha distancia entre ella y el señor Leadford.

Cada vez que el vehículo pasaba por un bache, él presionaba su muslo contra el suyo.

Al principio Theadosia creyó que no era intencionado, pero después de la tercera vez, dado su anterior comportamiento lascivo, cambió de opinión. El hombre sin escrúpulos se aprovechó de los empujones para tocarla a ella, *el muy libertino.*

Quizá su alojamiento estuviera al otro lado de la parroquia, pero ella había empezado a poner una silla bajo el pomo de la puerta de su alcoba antes de acostarse.

—Tus hermanas no están acostumbradas a los encantos de los rastreros, James —dijo papá.

Dios mío, ¿por qué papá no dejaría pasar el asunto?

—James, espero que tú y tu madre vigilen a las niñas esta noche. También deseo tu ayuda, Héctor.

¿Hector? ¿No es el señor Leadford?

Papá *nunca* se había dirigido a otros vicarios por sus nombres de pila.

Mamá puso los ojos en blanco, su impaciencia con el tema había llegado a su fin.

El extraño movimiento en el vientre de Theadosia tenía tanto que ver con su creciente sospecha como con los astutos toques del señor Leadford.

—Como deseé usted, señor—. El señor Leadford asintió con deferencia, su sumisión era tan falsa como la dentadura postiza mal ajustada de la viuda Downing.

Enderezando su puño de su traje, papá asintió satisfecho. —Uno no puede ser demasiado cauteloso cuando trata con aristócratas.

Por el amor de Dios, hacía que el Duque de Sutcliffe sonara como el vástago de Satanás, y sin embargo permaneció ajeno a la maldad sentada a unos cuantos centímetros de distancia.

Víctor nunca la había mirado de la manera lasciva en que lo hacía el señor Leadford.

El carruaje se tambaleó una vez más, y Theadosia casi gritó cuando los dedos de él le rozaron la cintura.

Con los ojos entrecerrados, apretó la mandíbula.

Si el señor Leadford la tocaba una vez más, fuera cura o no, gritaría y le pellizcaría la mano.

James negó con la cabeza, la preocupación sustituyendo su anterior humor. —No conoces a Sutcliffe como yo. No hay por qué preocuparse. Es un hombre decente hasta la médula.

El querido James exageraba, pero su lealtad al duque era un gesto dulce.

Incluso en Colchester se oía hablar de las hazañas

del duque. Ella suponía que no era diferente a cualquier otra sangre joven de Londres. Los privilegios, la posición, la riqueza y el poder se daban por descontados para quienes los poseían, y no había que ser muy astuto para saber que la alta sociedad tenía una serie de reglas distintas para el comportamiento de quienes eran acogidos en sus filas de élite.

Y aun así, conociendo bien su reputación, ella había aceptado libremente verlo. Lo había hecho con entusiasmo y seguiría haciéndolo.

James volvió a golpear su pie y movió las cejas como si dijera: "No te preocupes".

Qué suerte tenía James.

Podía irse después del servicio del domingo y probablemente no encontraría el camino a casa hasta dentro de un mes. No habría nadie para defenderla a ella y a Jessica. Su posición como abogado lo salvaba de la interferencia de papá en su vida. Había acogido la decisión de James de negarse a entrar en el ministerio con sus habituales asperezas. Pero al final, su hermano había prevalecido y se le permitió perseguir su sueño.

A Theadosia no se le permitiría la misma libertad.

Las mujeres rara vez lo hacían.

Unos minutos más tarde, fueron conducidos al salón formal de Ridgewood Court. Una vez, tras la muerte del antiguo duque, los Brentwood se habían sentado en esos sillones y sofás de brocado de oro y salvia. Habían acudido para presentar sus respetos y para que papá consultara con la señora sobre los preparativos del funeral.

Confiada en su segundo mejor vestido nuevo de color azul-lavanda pálido, Theadosia buscó disimuladamente a Víctor en la habitación.

Él no se encontraba allí.

Los dos días que habían transcurrido desde que lo vio pasaron a rastras, centímetro a centímetro, y la preocupación de que él no se uniera a ellos le robó su anterior alegría.

Con un impresionante vestido color vino ribeteado en oro y negro con rubíes a juego en la garganta y las orejas, la duquesa dejó de acariciar a un gato tuerto y desaliñado y los saludó con una cálida sonrisa.

—Estoy encantada de que hayan aceptado la invitación de Sutcliffe. Ahora que está en casa, tenemos la intención de entretenernos más a menudo. Estoy segura de que ya habrán recibido la invitación para la fiesta y el baile.

—En efecto, Su Excelencia —afirmó mamá. —Llegó hace dos días.

Theadosia intercambió miradas con Jessica. ¿Mamá había convencido a papá para que las dejara asistir?

—Deben prometerme que vendrán. Será una ocasión muy especial. Nunca ha habido nada parecido en todo Essex. No aceptaré un no por respuesta—. La duquesa miró directamente a Theadosia y volvió a sonreír.

Había olvidado lo alta que era la duquesa. La hizo sentir menos llamativa y torpe.

—Por supuesto que sí—. Mamá estuvo de acuerdo antes de que papá tuviera la oportunidad de inventar una excusa para no hacerlo. —Yo, por mi parte, no puedo esperar. Un baile de disfraces de cuento de hadas suena tan fascinante.

En ocasiones, el temperamento escocés de mamá se ponía tan rojo como su cabello. La determinación de su barbilla no admitía discusión. Asistirían a la fiesta y al baile, pero, a diferencia de los demás invitados, volverían a casa a dormir, con el viaje iluminado por la luna llena. A menos que el tiempo siguiera siendo excepcionalmente fresco, como lo había sido el verano hasta entonces, y las nubes llenaran el cielo.

El mayordomo entró trayendo una bandeja con una jarra de jerez y copas.

—¿Le sirvo, Su Excelencia?

—Sí, por favor, Grover—. Su sonrisa se iluminó aún más cuando miró hacia la entrada. —Ah, ahí estás, Sutcliffe.

Theadosia se giró lentamente, preparándose para la avalancha de emociones y sensaciones que la asaltaban cada vez que veía a Victor. Sin embargo, su respiración se detuvo. La ropa formal le sentaba bien. La verdad era que podía llevar trapos, y ella reaccionaría igual.

Él le dirigió una de sus deslumbrantes sonrisas, lo que provocó que su pulso bailara y su estómago diera un vuelco, y, sin importarle quién fuera testigo del intercambio, ella le devolvió la sonrisa, dejando que el arco ascendente de su boca revelara lo encantada que estaba de verlo.

En poco tiempo, Theadosia se encontró sentada en un sofá entre él y el señor Leadford, cada uno con una copa de jerez en la mano. Más bien, ella se había sentado imprudentemente en el sofá para acariciar al gato desaliñado, y el señor Leadford se había dejado caer de inmediato en el otro cojín.

Al igual que una gran rapaz a la caza de su presa, se abalanzó para reclamar su presa.

Ella casi se había caído de su asiento cuando Sutcliffe levantó al gato y, tras dejar al felino enfadado en el suelo, ocupó su lugar.

Cuando se levantó, lucía pelos blancos y anaranjados en la parte trasera.

Theadosia lo miró con el rabillo del ojo. No sabía muy bien qué pensar.

Casi parecía... celoso.

Una idea absurda. Una idea deliciosa y maravillosamente absurda.

Jessica y James estaban de pie junto a la chimenea, con expresiones demasiado divertidas en sus rostros mientras miraban. Ella los miró con los ojos entrecerrados, con una mirada de *dejen de ser un gran lobo*.

Sus padres charlaban con la duquesa, pero las frecuentes e inquietantes miradas de papá en dirección a Theadosia hacían que sus hombros se acaloraran por la tensión.

Algo no le cuadraba.

No sabía qué, pero todos sus instintos le gritaban una advertencia.

Desde la llegada del señor Leadford, papá no había sido el mismo. Siempre serio y nunca inclinado a la tontería, se había vuelto malhumorado, impaciente y también crítico.

Incluso mamá había levantado la ceja con recelo varias veces.

El señor Leadford, con un semblante de agradable interés, apoyó el antebrazo en el brazo del sofá y ladeó la cabeza.

—¿Cómo va su búsqueda de una prometida, Su Excelencia?

Capítulo 6

Su pregunta rozaba la impertinencia, pero por su vida, Theadosia no pudo evitar mirar a Sutcliffe.

¿Cómo *le fue* en su búsqueda?

Maldita y terriblemente horrible, esperaba ella.

No habían hablado de ese tema durante sus paseos. Ella no había querido saber si él ya había elegido a una prometida. No era probable, ya que llevaba poco tiempo en casa, pero tampoco era imposible.

Ella no pudo descifrar nada de su expresión cerrada. Era muy diferente al hombre del cementerio, con su sonrisa fácil y sus ojos parpadeantes, o al compañero relajado que había paseado junto a ella por el lago.

Sutcliffe desvió su atención hacia ella por un momento, y algo fascinante destelló en esas frías profundidades grises. Con la misma rapidez, el brillo se desvaneció, y tomó un sorbo de jerez.

—Ahí va.

Se cruzó de piernas y, apoyando un largo brazo sobre el respaldo tallado del sofá, dejó de lado al señor Leadford.

—Señorita Brentwood, ¿usted y su hermana montan a caballo? Nuestros caballos no hacen suficiente ejercicio, y espero que usted esté dispuesta a pasear un caballo un par de veces a la semana.

Al igual que en el cementerio y en el día en que compartieron el pastel de semillas, el mundo se encogió hasta que quedaron los dos solos.

¿Qué tenía este hombre que le removía el alma?

Su boca se levantó por un lado. —¿Usted monta?

¿Qué le había preguntado?

Ah, sí, que si montaba.

—Sí, pero no muy bien. Me gustaría tener la oportunidad de practicar.

Si papá pudiera ser persuadido de aceptar.

Había tantas posibilidades como que el Regente les sirviera la cena con una peluca rosa. No era de extrañar que Althea se hubiera rebelado bajo la mano firme de su padre o que James hubiera escapado a Londres en lugar de seguir los pasos de su padre. También Theadosia estaba plagada de revuelos, y si papá continuaba por este camino de opresión, Jessica podría rebelarse también.

—Seguro que sus mozos de cuadra son capaces de ejercitar a sus caballos—. El señor Leadford no montaba. De hecho, por lo que ella había observado, los caballos le daban miedo. —La señorita Brentwood admite que no monta bien. Estoy seguro de que solo está siendo educada al aceptar. Un caballero no impondría...

—No, señor Leadford, no estoy siendo simplemente cortés—. Qué hombre más exasperante. ¿Cómo se atrevía? —Por favor, no hable en mi nombre. A diferencia de usted, me gustan los caballos, y no es una imposición sacar un caballo de vez en cuando. De hecho, lo consideraría un refrescante cambio de ritmo.

Ya era suficiente.

Se estaba arriesgando a la ira de papá por decir lo que pensaba. Era necesario informarle del comportamiento del señor Leadford: su descaro y su insolencia. Él también era un representante de la iglesia de Todos los Santos y, desde la entrada de Sutcliffe esta noche, no había hecho más que ser insolente.

Dirigiendole al señor Leadford una mirada mordaz que habría marchitado a un hombre con algún grado de sentido común, Víctor se encogió de hombros. Con un movimiento de dedos, le respondió al vicario.

—En estos momentos estoy escaso de personal, y últimamente no hemos tenido muchos visitantes que se aprovechen de nuestros establos. Dentro de quince días llegarán invitados a nuestra fiesta, pero los caballos necesitan estirar las piernas antes de eso.

—No puedo imaginarme por qué debe usted casarse tan pronto, especialmente porque ni siquiera ha seleccionado a su futura esposa. Un poco de enigma y no poco grado de incomodidad, diría yo.

¿Acaso era un bufón mal educado?

Su brusco cambio de tema le valió que Sutcliffe ladease una ceja.

Sin duda, la sonrisa que Leadford le dedicó pretendía halagar, pero lo único que consiguió fue revolverle el estómago.

—*Yo* sólo podría casarme con una mujer que

hubiera captado mi atención—. Su mirada calculadora la recorrió, y ella apenas resistió el impulso de colocar los brazos sobre sus pechos. —Entonces la cortejaría durante un período respetable antes de nuestra boda, para evitar chismes o especulaciones.

El sinvergüenza se burló de Víctor mientras intentaba reclamarla.

Si hubieran estado solos, ella habría desatado su temperamento y su lengua.

—A algunos de nosotros no se nos permite ese lujo—. La respuesta seca como la tiza de Sutcliffe sólo sirvió para confundir al señor Leadford.

—¿Desde cuándo el amor es un lujo? —preguntó el señor Leadford.

—Cuando se tiene un título, las circunstancias obligan a tomar decisiones, no seguir nuestras emociones—. Incluso para los oídos de Theadosia la cortante respuesta de Víctor resonó con distanciamiento.

Una inexplicable decepción empañó su estado de ánimo.

De nuevo, la mirada de Sutcliffe encontró la suya.

Esta vez, la suya se mantuvo un poco más, y algo invisible pasó entre ellos, casi como si le enviara un mensaje silencioso.

¿Por qué tenía él que casarse con tanta prisa? Nunca se lo había dicho.

Debía de haber un motivo imperioso. No parecía un hombre de caprichos impulsivos.

—Estoy segura de que el duque tiene sus razones y, en verdad, no son de nuestra incumbencia, ¿no es así? —Theadosia arqueó una ceja condenatoria hacia el señor Leadford mientras levantaba su copa y le daba un trago.

Un hombre de Dios debería ser más discreto y considerado.

El mayordomo entró, interrumpiendo afortunadamente el silencio en torno al sofá. —La cena está servida, Su Excelencia.

—Excelente. ¿Pasamos? —La duquesa aceptó el codo extendido de papá.

Víctor se levantó y, puesto que mamá era la mujer de mayor rango, le ofreció el brazo. La mirada que le dirigió a Theadosia sugería que prefería haberla escoltado, y el corazón de ella dio un salto ante la mirada secreta que pasó entre ellos.

—Señora Brentwood, me pregunto si podría persuadirla para que haga esa deliciosa mermelada que recuerdo tan bien —comentó Víctor. —Hace años que no la pruebo. Incluso he traído naranjas a casa, esperando que me diera el gusto.

Un rubor de placer tiñó las mejillas de mamá. —Lo consideraría un honor, pero debo confesar que las de Theadosia superan a las mías estos días.

Él miró por encima de su hombro, y una agradable calidez envolvió a Theadosia de nuevo. —Entonces, ¿podría persuadirla, señorita Brentwood?

Oh, él podría persuadirla a hacer mucho más con esas miradas sensuales.

—Por supuesto. Simplemente haga que la fruta sea entregada en la casa parroquial. Puedo hacerla la semana que viene—. ¿Sonaba demasiado ansiosa? —De todos modos, había planeado hacer conservas.

Ahí, eso hizo que su voluntad fuera un poco menos obvia.

La boca de James se torció un centímetro antes de que controlara sus rasgos.

Maldición.

Él lo sabía. O al menos lo sospechaba.

El señor Leadford, el tosco grosero, le ofreció su brazo. ¿Acaso este hombre no sabía nada de protocolo? Como hija mayor, debía entrar con su hermano. James lo superaba a él en rango, pero a menos que quisiera parecer intolerablemente grosera, debía aceptar el brazo que le ofrecía el vicario.

Una ligera mueca hizo que su hermano, generalmente jovial, frunciera las cejas mientras acompañaba a Jessica. Ella se puso de puntillas y le susurró algo al oído, y él asintió con la cabeza, luego se encogió de hombros.

Theadosia apenas apoyó las puntas de sus dedos sobre el brazo del señor Leadford mientras él se encargaba de la retaguardia. Ella prefería tocar una rata muerta. Su repulsión sería definitivamente menor.

Mamá y papá habían tomado asiento a la derecha y a la izquierda de Víctor, y un lacayo estaba rellenando la copa de vino de papá. Él también se había dado el gusto de tomar dos de jerez antes de la cena. Un comportamiento muy inusual. Rara vez bebía más de una copa de licor durante toda una comida.

James había reclamado su legítima posición al lado de mamá, y Jessica se sentó frente a él.

Lo que significaba que Theadosia se libraba de la presencia del señor Leadford junto a ella durante la comida, pues sólo quedaban dos sillas.

En lados opuestos de la mesa.

Alabado fuera Dios y aleluya.

La ignorancia de él resultó ser su gracia salvadora. De lo contrario, estaría sentada donde se encontraba Jessica, y tendría que soportar su intolerable presencia con una sonrisa forzada mientras intentaba seguir comiendo.

Con la boca baja, el fastidio de él tan obvio como el grano rojo en la punta de su barbilla, su atención oscilaba entre las sillas vacías. Él se detuvo antes de arrastrar con lentitud la silla de Theadosia.

—Le pido perdón, señorita Jessica. Creo que he cometido un paso en falso y he usurpado el derecho de su hermano a acompañar a su hermana a la mesa. Por favor, siéntese aquí, y la señorita Brentwood puede ocupar su legítimo lugar.

Al lado de él.

La sonrisa que le dedicó a Jessica podría haber conquistado a otra, pero ella no estaba dispuesta a ello.

Podía ser tímida, pero su perspicacia e inteligencia eran muy agudas. Con la misma elegancia que si fuera la gran anfitriona de la noche, desplegó su servilleta.

—Se lo agradezco, pero como ya estamos sentados, y no me gustaría que la sopa se enfriara, quedémonos como estamos. ¿Qué dice usted, Su Excelencia?

Miró a la duquesa en busca de confirmación.

Otro bravo por Jessica esta noche. Dos veces en una noche había expresado su opinión. Quizás estaba superando su timidez.

—En efecto, señorita Jessica. Detesto la sopa blanca fría.

La duquesa levantó su cuchara y miró con atención a la otra silla vacía.

—Por supuesto, señora —murmuró Leadford, con las puntas de las orejas teñidas de rojo mientras le tendía la silla a Theadosia.

Theadosia reprimió su sonrisa de júbilo mientras se deslizaba en el asiento, pero no pudo resistir un guiño secreto en dirección a Jessica.

Víctor lo percibió y levantó su copa de vino un centímetro en un saludo silencioso.

—Salvada por un pelo, hermana querida —le susurró James al oído.

La comida transcurrió agradablemente durante varios minutos. La atención de Theadosia parecía haber desarrollado una mente propia y seguía desviándose hacia la cabecera de la mesa. Más de una vez captó la mirada de Víctor, y algo brilló allí que avivó el fuego que ardía en su interior.

Más le valía tener cuidado para que papá no se diera cuenta también.

Ya había vaciado su copa de vino dos veces, y éste era sólo el tercer platillo.

Mamá también lo había notado, y un pequeño surco arrugó su frente.

—Señorita Brentwood —la gran dama tocó el dorso de la mano de Theadosia. —Nunca le he dado las gracias por asistir a la tumba de mi difunto esposo.

Theadosia centró su atención en la duquesa.

¿Cómo lo sabía?

La duquesa debió ver la pregunta en la expresión de Theadosia.

—Se lo mencioné a la señora Brentwood después de la iglesia un domingo. Me dijo que era usted quien se ocupaba del cuidado de la tumba.

Lanzando una rápida mirada a su madre, Theadosia asintió, ofreciendo una sonrisa de boca cerrada y levantando un hombro.

—No fue ninguna molestia. De verdad.

Ella prefería ocuparse de las tumbas y los jardines que de las innumerables tareas domésticas que siempre había que hacer.

—Me gustaría agradecerle invitándola a tomar el té el próximo miércoles. Sólo usted y yo—. La duquesa tomó un sorbo de vino, con la mirada puesta en Víctor. —¿Quizás podría considerar ayudarme también con los planes finales para el baile? Realmente me vendría bien contar con una asistente. Hay tantos detalles que supervisar, y Sutcliffe es bastante inútil cuando se trata de este tipo de cosas. Él me sugirió que se lo pidiera a usted.

¿Lo hizo?

Theadosia no necesitaba un espejo para saber que el color brillante teñía sus mejillas. ¿Había sido tan evidente que incluso su madre se dio cuenta de sus frecuentes miradas hacia su hijo?

—Lo consideraría un honor, señora.

Si papá lo permitía.

Theadosia apelaría a mamá. Si alguien podía hacer que papá estuviera de acuerdo, era su madre.

El señor Leadford entrecerró los ojos y clavó un trozo de faisán con bastante malicia. —¿El baile será una celebración de las próximas nupcias del duque?

Como ocurre a veces en las reuniones sociales, todas las conversaciones se detuvieron en el mismo momento y su pregunta resonó con fuerza.

El silencio, incómodo y pesado, llenó la sala.

La duquesa le dirigió una mirada gélida, al tiempo que le dirigía una educada expresión. —El baile es una celebración del regreso de mi hijo a casa después de una larga ausencia.

Tragándose la mortificación por Víctor, Theadosia pateó al señor Leadford por debajo de la mesa.

Con fuerza.

Dos veces.

Él gruñó, con líneas ásperas marcando su cara y sus ojos acusándola.

—Le ruego que me disculpe. Espasmos musculares—. Ella pinchó una zanahoria y parpadeó con exagerada inocencia. —Los tengo desde la infancia. Sólo uno de mis muchos defectos embarazosos.

No era del todo falso. Antes de su octavo cumpleaños, los músculos de sus piernas se sacudían un par de veces, pero no hubo ninguna desde entonces. En cuanto a sus defectos, hasta hace poco, cuando empezó a contar mentiras, papá se había encargado de que fuera la esposa ideal de un párroco.

Razón de más para empezar a hacer más travesuras.

La boca de la duquesa tembló, y Theadosia pensó que quizás la aprobación brillaba en sus bonitos ojos.

Con un movimiento de sus largos dedos, Víctor indicó que quería más vino. Una vez llenada la copa, la levantó y miró alrededor de la mesa, casi como un desafío.

Su atención volvió a centrarse en ella durante un fugaz segundo antes de dirigirle al señor Leadford una mirada aburrida.

—A decir verdad, si todo va bien, tengo la intención de elegir a mi duquesa en el baile.

¿De verdad?

¿Sin conocer a la mujer de antemano?

¿Por qué iba a hacer algo así? Él no le había mencionado nada de eso.

Esto era la vida real, no un cuento de hadas en el que los felices para siempre estaban garantizados.

Ella no tenía derecho a sentirse molesta o engañada, y sin embargo lo hizo.

¿El matrimonio era realmente tan poco importante para él, sólo un deber que tenía que cumplir? Su respuesta anterior al señor Leadford insinuaba eso mismo, pero ella no habría creído que Víctor fuera tan insensible e indiferente. Por otra parte, había dejado a su madre sola durante años.

Cierto, pero él también había llorado sobre la tumba de su padre.

¿Tenía su miedo al cáncer algo que ver con su fría decisión?

Las lágrimas ardían detrás de sus párpados, y

Theadosia hundió la mirada en su plato.

¿Cómo podía asistir al baile y permanecer en silencio, viéndolo elegir a su duquesa?

Deseó que sus lágrimas cesaran. Por Jorge, no lloraría ni se delataría. Más tarde, cuando estuviera sola, podría sollozar en su almohada y reprocharse a sí misma el haber sido una boba. Pero por el momento, se recompuso y puso una cara valiente.

Sin embargo, no podía ayudar a la duquesa a planear el baile. Pero no era el momento de llorar. Bastaría con una nota mañana.

—Tut, Sutcliffe, bromeas. Lo he dicho a menudo, pero es cierto. Tienes el humor seco de tu padre—. Su madre sacudió su cabeza intrincadamente peinada, sus pendientes se balancearon con el movimiento. —El baile es simplemente para que te reencuentres con todo el mundo, ya que has estado fuera tanto tiempo.

—Nosotros también vamos a celebrar una unión pronto —dijo papá.

Con la boca entreabierta por segunda vez en otros tantos minutos, Theadosia giró bruscamente la cabeza en su dirección. Su discurso no era confuso, pero su sonrisa ladeada denotaba embriaguez, un rasgo contra el que arremetía desde el púlpito con regularidad.

No la miró a los ojos, sino que bebió de su vaso una vez más. Algo en su semblante hizo que una alarma recorriera su columna vertebral.

No. Él no lo haría. No así.

No sin decírselo a ella primero. No sin preguntarle si estaba de acuerdo con el compromiso.

—Brentwood, ¿estás comprometido? —La boca de Víctor se curvó en una sonrisa de felicitación y levantó su copa hacia James. —Te deseo una gran felicidad.

Con una mezcla de preocupación y desconcierto frunciendo sus habituales rasgos joviales, James negó con la cabeza.

—No, Sutcliffe, no lo estoy. Y que yo sepa, tampoco lo están mis hermanas.

Le dirigió a su padre una mirada dura e implacable.

Un ceño perplejo juntó las cejas de ébano de Víctor sobre el puente de su nariz.

Mamá, con una postura tan rígida como la mesa en la que estaba la comida, dejó el tenedor con mucho cuidado y entrecerró los ojos hasta convertirlos en meras rendijas. De su mirada acusadora salieron chispas.

—¿De qué estás hablando, Oscar? ¿Has llegado a un acuerdo sin hablar conmigo primero? ¿Cuando acordamos que no volverías a hacer algo así?

—Soy su padre—. Papá tomó su copa una vez más, parpadeando perplejo cuando se dio cuenta de que estaba vacía. Lo levantó, inclinándolo de un lado a otro para indicar que quería que lo volvieran a llenar. —Estoy en mi derecho.

Sus padres no discutían en público, y un rubor de mortificación calentó a Theadosia desde el cuello hasta el nacimiento del cabello. El rostro enrojecido de Jessica reveló que estaba igualmente incómodada.

Theadosia nunca se había sentido tan avergonzada.

Nunca se había sentido tan aterrorizada. O enfadada.

Un lacayo rellenó obedientemente la copa de papá después de recibir la más leve inclinación de cabeza de Víctor.

—Hablaremos de esto en casa—. La boca apretada de mamá reveló su disgusto, pero no discutiría delante de los Sutcliff. Sin embargo, una vez que estuvieran en casa, le daría a su esposo un repique adecuado.

Él tragó saliva y, tras lanzarle una mirada hosca al señor Leadford, se limpió la boca con la servilleta. Levantó su copa en alto.

—Por favor, únanse a mí en un brindis para celebrar los próximos esponsales de Theadosia con el señor Leadford.

—¡No! Papá, no. No puedes hacerle esto. No puedes ser tan indiferente.

Theadosia apenas oyó los gritos de Jessica, pues la habitación daba vueltas y vueltas.

—No...

Se puso en pie con dificultad, volcando su copa de vino en el proceso. El color carmesí se extendió por el mantel blanco.

Como mi corazón lacerado.

No podía mirar a Víctor. No podía soportar ver la lástima o la acusación en su mirada.

—Yo... necesito...

No me casaré con ese vil sapo. No lo haré. No lo haré.

Se tocó la frente, sorprendida de encontrar la piel fría y húmeda. Las vueltas aumentaron, cada vez más rápido. Volvió a tropezar, golpeándose contra la mesa.

—Se va a desmayar—. La duquesa se levantó de un salto y rodeó el hombro de Theadosia con un brazo. —¡Sutcliffe!

Theadosia no podía oír a través del silbido en sus oídos. Todo se volvió amortiguado, y todos se movían con lentitud. Trató de encontrar a Víctor, pero su visión se había vuelto negra.

—No me casaré con él—. Con las manos extendidas ante ella, sacudió la cabeza, tratando de aclarar su visión y su oído. —No lo haré. Yo...

—¡Thea! —Unos brazos familiares, fuertes y robustos, la rodearon un instante antes de que descendiera al olvido.

CAPÍTULO 7

Dividido entre la ira y la frustración, y después de haber permanecido despierto toda la noche, Víctor se acercó a la puerta principal de la parroquia. Aunque aún no eran las nueve, demasiado temprano para una visita social, no esperaría más para acercarse al reverendo Brentwood con una propuesta única.

Tenía la intención de pedir la mano de Thea en matrimonio, y también dar a Jessica una dote.

Sólo un cabeza de bacalao dejaría pasar una oferta tan generosa. Si eso no era suficiente incentivo, seguiría mejorando su propuesta hasta que Brentwood aceptara.

Todavía no se había hecho ningún anuncio oficial de los esponsales, ni se habían leído las amonestaciones, así que Leadford no podía alegar incumplimiento de la promesa. Incluso si lo intentaba, Víctor le pagaría. Haría cualquier cosa para sacar a ese desgraciado de

Colchester y de la vida de Thea.

Por su traumática reacción de la noche anterior, estaba claro que ella no tenía ni idea de que su padre había concertado un matrimonio con el vicario.

Semejante ira había envuelto a Victor hacia el reverendo por su humillación pública. ¿Qué clase de padre soltaba algo tan importante a su hija durante una cena? Dada la satisfacción que se reflejaba en el rostro de Leadford, éste lo sabía de antemano y había disfrutado de la mortificación de Theadosia.

Mientras estuvo sentado a su lado en el sofá la noche anterior, Víctor no había pasado por alto sus estremecimientos de repulsión cuando Leadford se acercaba. No podía soportar a ese hombre.

Bajo ninguna circunstancia podían obligarla a casarse y acostarse con ese gusano.

Mirando a su alrededor, Víctor movió la caja de naranjas y dio un fuerte golpe a la puerta.

La mermelada prometida le proporcionaba la excusa perfecta para una visita. No es que la necesitara. Su posición le otorgaba muchos privilegios, y en este caso, no dudó en aprovecharlos. Debería haberlo hecho antes, pero por consideración a Theadosia y a su preocupación por el recibimiento de él, había cedido a sus deseos.

Un pintoresco portón de arco blanco cubierto de indómitas rosas blancas y rosas se encontraba entreabierto al lado de la casa. Más allá del sendero de losas que se veía a través de la abertura, los cuidados huertos y los macizos de flores disfrutaban de la luz del sol de la mañana. Las gallinas cacareaban y un gallo cantaba en algún lugar más allá del viejo y desgastado muro de piedra seca que rodeaba el terreno.

Un destello de cretona rosa y verde apareció momentáneamente en un banco de piedra sólo parcialmente visible desde su posición.

¿Thea?

Volvió a llamar a la puerta, con la esperanza de no verla hasta que hubiera hablado con su padre. Víctor quería contarle en persona el cambio de planes para su futuro. Seguramente, si debía someterse a un matrimonio concertado, estaría más dispuesta a casarse con un duque en lugar de con Leadford.

Después de todo, al menos conocía a Victor, y por

aquel beso conmovedor que habían compartido, no dejaba de sentirse atraída por él. Tal vez la atracción sexual no era la mejor base para construir un matrimonio, pero era mejor que él le propusiera matrimonio a un extraño o que ella se casara con un canalla lascivo.

Víctor había visto antes a los de la clase de Leadford. Londres estaba repleto de ese tipo de alimañas.

Un hombre cuya fachada pública escondía un lado malvado. No había echado de menos los intentos de Leadford de asomarse por el corpiño de Thea o el roce del graznador con ella. Fue todo lo que Víctor pudo hacer para no agarrar al degenerado por el cuello y sacudirlo hasta que sus bonitos dientes sonaran.

Por su boca girada, James también lo había notado.

¿Dónde estaba?

¿Todavía en cama? No era típico de él. Lo más probable es que hubiera salido a dar una vuelta, como habían hecho Víctor y James cuando eran jóvenes y volvían de la universidad.

A Víctor le vendría bien un aliado en su búsqueda,

y dada la desaprobación de James la noche anterior, Víctor confiaba en que su viejo amigo apoyaría su petición.

Había levantado la mano para llamar por tercera vez cuando la señorita Jessica abrió la puerta.

—Buenos días, Su Excelencia. ¿A qué debemos este honor? —Su mirada se dirigió a las naranjas. —Oh, cierto. Thea va a hacerles mermelada.

Una sombra osureció sus bonitas facciones, y con los labios apretados en una fina cinta, miró detrás de él. —Ella está en el jardín .

—¿Cómo está? —preguntó él. —Sé que sufrió una gran conmoción anoche.

Él había sido el encargado de llevar a Thea al salón, y se había paseado detrás del sofá mientras traían sales aromáticas. Cuando sus pestañas se abrieron, fueron los ojos de él los primeros que encontró, y la desesperación que brillaba en esas profundidades aterciopeladas lo golpeó como una patada de mula en las tripas.

Ella le suplicó en silencio, murmurando: —Ayúdame.

En ese instante, él estaba decidido a hacer lo que

fuera necesario para salvarla de Leadford.

—Se está adaptando a la noticia—. Tras otra mirada hacia el jardín, Jessica cerró la puerta. —¿Quiere que vaya a buscarla?

—Más tarde. Me gustaría hablar con el reverendo primero. ¿Está en casa?

Víctor dejó las naranjas en el suelo antes de pasarle el sombrero y los guantes.

Con la expresión apagada, ella asintió mientras los ponía sobre la mesa de la entrada.

—Por favor, tome asiento, y le haré saber a papá que está aquí.

Rara vez había estado Víctor dentro de la casa parroquial, incluso cuando él y James habían pasado mucho tiempo juntos cuando eran jóvenes. La casa seguía siendo igual a como la recordaba.

Los nervios no habituales hicieron que le sudaran las palmas de las manos y se le apretara el estómago.

No hubiera creído que pedir la mano de una mujer lo desestabilizara tanto. ¿No era eso lo que pretendía hacer de todos modos? La única diferencia era que lo hacía antes del baile y no después.

Sí, pero Thea no era una mujer cualquiera, y el resultado de su conversación con el reverendo Brentwood importaba mucho más de lo que debería. Tanto para Víctor como para Thea.

—¿Señor? Papá lo verá en su estudio—. El semblante de Jessica no reveló nada. —Le haré saber a Thea que usted está aquí.

—Gracias.

Víctor la siguió por el pasillo de la rectoría. Si la memoria no fallaba, el edificio tenía casi doscientos años. Por dondequiera que mirara, la evidencia de décadas de desgaste se encontraba con su mirada.

Jessica se detuvo frente a una puerta abierta ligeramente desviada.

—Papá, el duque de Sutcliffe.

Una vez dentro de la pequeña y algo cargada habitación, Víctor se encargó de cerrar la puerta.

—Gracias por recibirme sin previo aviso.

El señor Brentwood lanzó una mirada ilegible a la puerta cerrada antes de hacer un gesto con la mano hacia una de las dos sillas de cuero agrietado colocadas en ángulo ante su escritorio. Con los codos apoyados sobre la superficie manchada de tinta, el rector ahuecó una mano sobre la otra.

¿Era la imaginación de Víctor, o el comportamiento tranquilo del señor Brentwood pretendía ocultar el nerviosismo que su mirada cambiante, su mandíbula tensa y sus hombros rígidos no podían ocultar?

A través de la ventana situada detrás del reverendo, Víctor vislumbró a Jessica hablando con Thea. Ambas mujeres se volvieron hacia la casa, e incluso desde donde estaba sentado, Víctor pudo ver las ojeras de Thea.

Con los hombros erguidos, mantenía la cabeza alta, valiente e inquebrantable.

Su pecho se llenó de tanta admiración que no pudo respirar por un momento.

Por Dios, la salvaría del destino que su padre planeaba para ella, aunque tuviera que secuestrarla.

Víctor se hundió en la silla, y el viejo cuero crujió en señal de protesta.

—¿Qué puedo hacer por usted, Su Excelencia? —La voz del señor Brentwood contenía el mismo escalofrío que su mirada.

Mejor ir directamente al grano.

Respirando con fuerza, Víctor apartó su mirada de la visión de la belleza que observaba a la casa parroquial.

—Estoy aquí para pedir la mano de la señorita Theadosia en matrimonio. Tengo una licencia especial y me gustaría que la ceremonia tuviera lugar inmediatamente.

El rector no se mostró ni sorprendido ni escandalizado. En cambio, se recostó en su silla, igualmente desgastada, y frunció los labios.

—¿Una licencia especial? ¿Con el nombre de la novia en blanco? ¿Cómo lo ha conseguido?

Censura definitiva, aunque él debía saber que una persona adinerada a menudo hacía posible cosas imposibles.

Víctor se rascó la nuca mientras asentía.

—Sí. Debo casarme antes del dieciseis de agosto, y no estaba seguro de cuánto tiempo me llevaría encontrar una prometida. En el caso de que no hubiera tiempo suficiente para que se leyeran las amonestaciones, tenía preparada una licencia especial, por si las dudas. Ahora me gustaría usarla para unirme en matrimonio con la señorita Brentwood.

—Entonces lamento decirle que ha venido en vano—. El señor Brentwood se frotó repetidamente los dedos sobre el pulgar, definitivamente no tan sereno como quería hacerle creer a Víctor. —La he prometido al señor Leadford, y mi ... em ... honor requiere que mantenga mi palabra.

¿Su honor o algo más?

—Con el debido respeto, señor Brentwood, le estoy ofreciendo a Theadosia múltiples títulos, una vida de comodidades y privilegios, y los medios para ayudar a su familia. También estoy dispuesto a otorgarle una dote de cinco mil libras y una casa en Bath a la señorita Jessica.

Un ruido resonó al otro lado de la puerta, y Víctor inclinó el oído hacia el panel.

¿Había alguien escuchando en el ojo de la cerradura?

Después de un momento, el reverendo retiró su mirada de la puerta. No había duda de que él también había oído la conmoción.

—Aprecio su generosidad, pero Jessica, al igual que Theadosia, se casará con un hombre de iglesia, y por lo tanto, no tiene necesidad de una gran dote.

El señor Brentwood tenía el labio superior húmedo y no quiso mirar a los ojos de Víctor mientras pasaba de juguetear con los dedos a rozar con el pulgar las páginas de la Biblia abierta que seguramente estaba leyendo cuando Víctor lo interrumpió.

¿Acaso sólo se trataba de que sus hijas se casaran con clérigos?

Entonces, ¿por qué la inquietud?

Víctor apoyó los codos en los brazos de la silla y enganchó un tobillo sobre la rodilla.

Le daría un codazo al león y vería lo que se agitaba.

—También pagaré por una mejora y remodelación completa de la casa parroquial, la iglesia y los terrenos.

Quizás extremo, pero desde su creación, el ducado había mantenido la iglesia. No se habían hecho mejoras importantes en décadas, y en verdad, una renovación ya era necesaria.

Esa oferta hizo reflexionar al reverendo.

Una chispa de entusiasmo entró en sus ojos

mientras echaba una rápida mirada a la oxidada oficina y luego a la iglesia, visible a través de las altas y estrechas ventanas. Respiró profundamente y se llevó los dedos a la sien, con expresión contemplativa.

Sólo alguien egocéntrico le negaría a su familia y a sus feligreses lo que Víctor proponía.

Sólo un canalla egoísta negociaba por una prometida como si fuera una propiedad vendida al mejor postor.

Cierto, pero esto era por el bien de Thea.

Soltando un suspiro resignado, con los hombros un poco caídos, el reverendo Brentwood sacudió la cabeza una vez. Una mirada cautelosa volvió a sus rasgos cuadriculados.

—De nuevo, debo rechazar su magnánima oferta, Su Excelencia.

Por sí mismo, una de las cejas de Víctor se alzó sobre su frente.

¿Era el hombre un idiota?

Una cosa era ser celoso con las propias creencias -eso, Victor podía respetarlo e incluso admirarlo-, pero otra totalmente distinta era obligar a una hija a casarse con un hombre que claramente detestaba. Especialmente cuando el matrimonio no mejoraría su posición ni beneficiaría a nadie excepto al infeliz que se casaba con ella.

—¿Usted le negaría a sus hijas la oportunidad de tener algo mejor?

Las palabras apenas salieron de su boca cuando Víctor se dio cuenta de lo arrogantes que sonaban y que había cometido un grave error.

—Lo que quiero decir es...

El señor Brentwood bajó la mano de golpe, haciendo sonar el tintero, y salió disparado hacia arriba. Apoyando las manos en el escritorio, miró a Víctor con desprecio.

—Sé exactamente lo que quiso decir. Que un mero miembro del clero, un hombre humilde, un hombre pobre, es inferior a su nobleza de sangre azul y a su abultada bolsa. Ha perdido su tiempo y el mío, señor. Theadosia se casará con el señor Leadford en cuanto se lean las amonestaciones.

Victor entrelazó sus dedos y consideró al clérigo.

—Ella no lo ama, y de hecho, le tiene miedo. Diría

que está aterrada.

Esa verdad había sido tan evidente como la espantosa mancha en la barbilla de Leadford la noche anterior.

—¿Y *usted* declara su amor por ella, Su Excelencia?

Una mueca de desprecio curvó el labio superior del reverendo mientras miraba a Víctor con la repulsión que le daría a cualquier mosquito.

—Tal vez no amor, *todavía*, pero tengo un inmenso aprecio por ella y quiero mantenerla y protegerla.

—¿Y usted cree que Leadford no lo hace? *Él*, al menos, profesa afecto.

—Leadford puede ser un hombre de la iglesia —dijo Víctor —, pero no es el más honorable entre nosotros, como creo que usted ya lo sabe.

—¿Honor? —Lanzando su mirada burlona hacia el cielo, el señor Brentwood se atragantó con una burla. —Incluso en Colchester, duque, sus hazañas pecaminosas son conocidas. Es usted un mujeriego y un borracho. ¿Realmente creyó que no vi la botella de whisky que Theadosia trató de esconder? Se atrevió a blasfemar la tierra sagrada con la bebida del diablo, y la persuadió para que lo ayudara en su irreverencia.

Y sin embargo, el buen reverendo había guardado silencio estos últimos días.

¿Por qué?

Porque Víctor estaba pagando por el nuevo órgano y las túnicas del coro. Eso decía mucho sobre el carácter del hombre de Dios y sus prioridades.

Las fosas nasales de la ancha nariz de Brentwood se ensancharon, revelando una abundancia de pelo poco atractiva. —También sé que la besó. Trató a mi Theadosia como una vulgar prostituta.

Otro golpe sordo resonó en la puerta del estudio.

Quienquiera que hubiera espiado había dejado de estar encubierto.

—Las hermanas Nabity me lo dijeron el otro día—. El reverendo sacudió la cabeza y cerró el puño sobre su Biblia abierta, arrugando la página. —Juro que no volveré a tener una hija mancillada por una cara bonita.

Víctor se negó a hablar del beso y reducirlo a un episodio de mal gusto.

Había sido un sabor a cielo puro, y a pesar de lo inapropiado, no se arrepentía. Theadosia también lo había disfrutado, y apretó la mandíbula para abstenerse de mandar a la mierda al rector por atreverse a utilizar el nombre de Thea y prostituta en la misma frase.

Víctor no frecuentaba los burdeles ni se divertía con rameras. El riesgo de contraer enfermedades era demasiado grande. Además, ahora tenía una enfermedad mortal en su linaje por la que preocuparse.

—Con mayor razón, Theadosia y yo deberíamos casarnos de inmediato para evitar que se manche su reputación, así como la de usted y la de la parroquia—. Esto último podría ser un poco exagerado, pero no iba a dejar nada al azar.

Cortando bruscamente su mano en el aire, Brentwood sacudió la cabeza con desdén. —Para usted, ella es la señorita Brentwood, y no es una de sus putas para ser arrojada a un lado cuando se aburra de ella. No dudo ni por un momento que retomaría su lascivo estilo de vida a las pocas semanas de casarse con ella.

Maldita sea. Eso era exactamente lo que Víctor había planeado hacer, pero eso fue antes de que decidiera hacer a Thea su esposa.

—Sus acusaciones y preocupaciones son justas. No

he vivido una vida de monje, pero le doy mi palabra sobre la tumba de mi padre y el ducado, de que le sería fiel. Tengo a Theadosia en la más alta estima y nunca le causaría dolor deliberadamente.

¿Pero de verdad la amo?

¿Cómo podría él estar enamorado tan pronto?

Ciertamente, sentía algo irresistible, y no era sólo lujuria. Estaba bastante familiarizado con ese impulso carnal. Pero ¿era amor?

No importaba.

Haría lo que debía para mantenerla a salvo de Leadford. Y si, después de casarse, ella quería el divorcio, él se lo concedería.

Si ella aceptaba, Víctor se fugaría con ella hoy mismo. Podrían cruzar la frontera y casarse en cuestión de horas.

Dios, ver la cara de Leadford cuando volvieran. Víctor podría saborear esa satisfacción durante un buen rato.

—No puedo creer que usted, como padre amoroso, obligue a Thea a casarse contra su voluntad—. No estaba dispuesto a tirar sus cartas todavía. Si Brentwood insistía en esta ridiculez, lo haría sabiendo que los demás eran muy conscientes de lo que estaba obligando a hacer a Thea.

—No es asunto suyo—. Con la cara moteada de rojo, el señor Brentwood se pasó un dedo entre la corbata y el cuello, y luego se limpió la frente y el labio superior con el pañuelo. ¿Sudaba siempre a chorros o sólo cuando estaba bajo presión?

—Ahora le deseo un buen día —dijo Brentwood apenas sin ser civilizado. —Tengo que terminar de preparar un sermón.

Víctor se levantó y, tras ponerse la chaqueta en su sitio, ladeó la cabeza.

El reverendo jugueteó con su Biblia, mirando a todas partes menos a él.

—¿No le exige su honor y su afecto paternal que considere la felicidad de su hija? ¿La sometería a una vida de miseria? Seguramente sabe, o al menos sospecha, qué tipo de desgraciado es Leadford. Seguro que abusará de ella. ¿Puedes vivir con ese conocimiento?

Con la mandíbula floja, Brentwood palideció hasta

alcanzar un tono espantoso antes de volver a hacer gala de su bravuconería.

—No pretenda impugnar mi integridad. Sé lo que es mejor para mi hija. Usted ya no es bienvenido en esta casa, y le prohíbo ver o hablar con Theadosia. No puedo prohibirte en conciencia que asistas a los servicios religiosos, no sea que su alma inmortal sufra, pero no se acercará a ella.

Algo sospechoso ocurría aquí. El reverendo estaba exagerando. Demasiado defensivo e irracional. Como un hombre que oculta un oscuro secreto. Algo que podría arruinarlo a él y a su forma de vida si se supiera.

James podría ser la persona adecuada para hurgar un poco en esa zona. Los cascos de los caballos habían resonado en el camino hace unos momentos. Con suerte era James que volvía a casa, y antes de partir, Víctor tenía la intención de hablar con él.

—Lo he conocido como un hombre razonable toda mi vida, reverendo. Siempre justo y equitativo, aunque un poco duro e inflexible a veces. Esta comunidad y su parroquia lo respetan, tanto por su dedicación a ellos y a su cargo como por su compromiso con su familia. El reverendo Brentwood que conozco nunca forzaría a su hija a un matrimonio sin amor, y mucho menos con un hombre que la manosea cuando usted no está mirando.

El señor Brentwood levantó la cabeza y su mirada chocó con la de Víctor. En la mirada del clérigo, la angustia luchaba con la indecisión y... ¿el miedo?

¿Tenía Leadford algo sobre él?

Debía tenerlo.

¿Qué diablos haría que el señor Brentwood sacrificara a una hija a un hombre del carácter de Leadford?

Víctor extendió una mano, con la palma hacia arriba. —Señor Brentwood, puedo ayudarle, pero sólo si me dice qué está pasando.

La indignación por la justicia propia apagó las otras emociones conflictivas del semblante del reverendo.

El orgullo sería la perdición del clérigo. Haría cualquier cosa para salvar las apariencias. Incluso someter a Thea a un libertino.

—Una vez más usted ha cruzado la marca, Su Excelencia—. Con su mano inestable, el señor Brentwood señaló la puerta. —Por favor, váyase antes de que olvide que soy un hombre de Dios y pierda los estribos por completo. Mi hija no es de su incumbencia.

Ya lo veremos.

Víctor se dirigió a la salida. Su ansiedad anterior se había disipado, y ahora tenía un enfoque.

Proteger a Theadosia a toda costa.

¿Todavía estaba afuera la persona que había estado escuchando?

Fingiendo que agarraba la manilla y la movía, le dio tiempo a quienquiera que fuera para huir. Si tuviera que adivinar, diría que la señorita Jessica no podía contener su curiosidad. Con suerte, le repetiría todo a Thea.

Esto no había terminado.

No, de hecho.

Nunca antes había sido tan importante la capacidad de Víctor de saber leer a la gente. Era lo que le daba tanta ventaja en las cartas y otros juegos, y era una de las razones por las que había podido amasar su fortuna.

En los últimos quince minutos había aprendido algo interesante.

Abrió la puerta y, tras comprobar que el pasillo estaba vacío, se enfrentó al señor Brentwood.

—Leadford lo está chantajeando, ¿no es así?

Capítulo 8

¿Por qué había pedido Víctor una audiencia con papá?

Luchando contra las lágrimas por enésima vez desde la noche anterior, Theadosia atravesó el huerto de manzanas y peras de los Fielding, con su cesta golpeando rítmicamente contra su cadera. Se negaba a sucumbir a la humedad que le punzaba detrás de los párpados. No era una maldita regadera.

Cuando Jessica se apresuró a entrar en el jardín y le dijo que Víctor había llegado, pidiendo hablar con su padre, el corazón de Theadosia se atrevió a acelerar con esperanza. Para qué, no estaba segura, pero Víctor había visto su desesperación la noche anterior.

Él había asentido levemente cuando ella había dicho: "Ayúdame".

Fue demasiado descarado de su parte. No tenía

derecho a pedírselo, pero desde el momento en que él había vuelto a entrar en su vida, había confiado en él más que en ninguna otra persona. Aunque sólo habían pasado unos días juntos, ella creía que él la ayudaría.

Entonces, a primera hora de la mañana, apareció en la puerta de la casa parroquial. Seguramente eso significaba que había encontrado una salida a su horrible dilema.

No podía, no quería casarse con el señor Leadford.

¿Cómo podía esperar papá algo así?

Si se negaba, ¿la repudiaría como había hecho con Althea?

Su situación no era en absoluto la misma. Su hermana se había fugado con un hombre al que adoraba, pero a Theadosia la estaban obligando a casarse con un imbécil al que detestaba. Sin embargo, su padre esperaba la obediencia a ciegas de sus hijas, especialmente después de la traición de Althea.

Seguramente reprendería a mamá por permitir que Theadosia saliera de la casa para hacer este recado. Cuando se desmayó la noche anterior -la primera vez que lo hacía-, se puso furioso porque lo había humillado de esa manera. No había permitido que el duque y la duquesa vieran su ira, pero en cuanto se instalaron en el carruaje, la amenazó con encerrarla en su habitación hasta la boda.

Mamá, más enfadada de lo que Theadosia había visto nunca, le había llamado tirano irracional y le había dado la espalda. Esta mañana, ella seguía sin hablarle.

Eso también era una novedad.

Mamá debía saber que Theadosia necesitaba escapar de la casa, especialmente después de haber visto a Víctor sentado en el estudio de papá. Su madre había desafiado a papá y había enviado a Theadosia a llevar una comida fría a los Fielding. La señora Fielding, regordeta, alegre y obviamente adorada por su igualmente alegre y rotundo marido, había dado a luz ayer a su quinto hijo.

Theadosia adoraba a los niños, especialmente a los bebés, pero prefería convertirse en una ciruela seca y arrugada que permitir que el señor Leadford se acostara con ella.

Un fuerte escalofrío recorrió su espina dorsal ante la repugnante idea, y se encorvó más dentro de su spencer.

Hoy también había traído un chal, pero en su prisa por salir de la parroquia, había olvidado su gorro. Este verano estaba siendo uno de los más frescos que recordaba. Sin embargo, la repulsión, más que el clima desagradable, era la causa del frío que le sacudía la espalda.

Respirando profundamente, ordenó sus pensamientos desbocados. Responder como una tonta no iba a ayudar a la situación.

Un plan. Eso era lo que necesitaba. Un plan lógico.

Y lo necesitaba rápidamente.

En el viaje de vuelta a casa la noche anterior, su padre había declarado que tenía la intención de leer las amonestaciones por primera vez este domingo. Si Víctor no lo había convencido de lo contrario durante su visita.

Le hubiera gustado abofetear la cara engreída del señor Leadford cuando se apoyó en los pabellones, todo arrogancia autocomplaciente. Apostaría los botones de sus botas a que él había orquestado esto, pero ¿cómo y en tan poco tiempo?

Otra oleada de frustración la envolvió.

¿Cómo podía papá ser tan insensible? ¿Tan duro de corazón?

¿Cómo podía ignorar por completo sus sentimientos y deseos? ¿Qué razón podía haber para precipitar las nupcias? Ella apenas conocía al señor Leadford.

Podría argumentar lo mismo sobre Víctor, pero eso era muy diferente. Ella disfrutaba de su compañía y anhelaba verlo. Cuando no estaba con Víctor, sus pensamientos iban continuamente hacia él. Al despertarse, él se infiltraba en su mente, y mientras se dormía, él rondaba los límites de su conciencia.

Ahora entendía por qué Althea había huido con Antione Nasan, un artista francés que había estado dibujando retratos con una compañía itinerante. Se había acercado a papá y le había pedido la mano de ella. Papá lo había echado de la casa y encerró a Althea en su habitación. Dos noches después, ella forzó la cerradura y huyó con su amante.

Jessica y Theadosia habían estado vigilando para asegurarse de que papá no la descubriera. No tenía ni idea de que habían conspirado juntas. Theadosia sospechaba que mamá sabía la verdad, pero nunca había insinuado tal cosa.

Theadosia volvió a inhalar profundamente, saboreando el aroma terroso bajo los árboles nudosos donde habían brotado algunas setas. Hacía apenas unas semanas, esos mismos árboles habían florecido con fragantes flores blancas y rosadas, lo que prometía una abundancia de frutos este otoño. A menos que papá cambiara de opinión sobre su matrimonio con el señor Leadford, ella no estaría aquí para la cosecha.

Si debía hacerlo, huiría.

Con Althea en Francia.

Justo esta mañana, en un susurro, su madre le había confesado que le había estado escribiendo en secreto a Althea y recibiendo cartas a cambio. Althea tenía dos niños pequeños y su marido se había convertido en un exitoso retratista. Durante meses, le había rogado a mamá que la visitara y trajera a Jessica y a Theadosia.

Su madre no se había atrevido.

Arriesgando la furia de papá, James había ayudado a mamá y a Althea con la correspondencia.

También ayudaría a Theadosia a escapar. Ella no lo dudaba.

¿Pero no volver a ver a su madre o a Jessica? Ese riesgo era muy real. Una probabilidad, a menos que papá muriera.

El dolor apuñaló a Theadosia hasta la médula, y se llevó una mano al centro, jadeando ante la agonía de aquella horrible verdad.

Tenía que haber otro camino.

¿Cómo podía Althea soportarlo?

Porque tenía un hombre que la amaba y al que ella amaba a su vez.

Las lágrimas amenazaron de nuevo, pero Theadosia las apartó.

Mientras subía la suave pendiente hacia el camino que llevaba a la casa de los Fielding, captó un movimiento con el rabillo del ojo.

La alarma recorrió sus hombros y se giró para enfrentarse a su acosador.

—¿Por qué me está siguiendo, señor Leadford?

Él salió de detrás de uno de los viejos y nudosos manzanos y le ofreció una sonrisa arrepentida.

—Buscaba una oportunidad para hablar con usted, pero temía asustarla—. Le tendió un puñado de flores. —Tome, recogí flores para usted.

Más bien que las arrancó de los jardines de la parroquia.

Deslizando la cesta sobre su otro brazo, fingió ajustar la tela que cubría la comida y tomó la botella de limonada. No dudaría en golpearlo con ella si intentaba acosarla.

—¿Así que se escabulle como un ladrón? ¿No podía haber esperado a que volviera a casa?

Enarcando una ceja, ella le dirigió una mirada dudosa, pero no hizo ningún esfuerzo por tomar las flores que se marchitaban rápidamente.

No le gustaba estar a solas con él ni un poquito, y la casa de los Fielding estaba todavía a medio kilómetro de distancia. Ya había demostrado que no era un caballero.

Si sólo le hubiera dicho a mamá sobre su acoso. Ella también habría enviado a Jessica. Pero Theadosia quería estar sola para ordenar sus pensamientos.

Apartándose, lo despidió. —Debo irme. Los

Fielding me esperaban hace tiempo y mi madre aguarda mi regreso. Tenemos que hacer conservas.

No era exactamente la verdad, pero él no necesitaba saberlo.

—Permítame acompañarla—. Se apresuró a llegar a su lado, su mirada se desvió hacia sus pechos. Intentó depositar las flores en la cesta, frunciendo el ceño cuando ella la apartó. —No me gusta que mi prometida ande sin escolta.

—En cuanto a eso, no estamos oficialmente comprometidos, y pienso hacer todo lo que esté en mi mano para que nunca lo estemos—. Ella apretó la botella. Aunque no era tan grande como el duque, el señor Leadford tampoco era un petimetre. Podía dominarla fácilmente. —Preferiría caminar sola, si no le importa—. *E incluso si le importaba.* —Lo he hecho docenas de veces sin temor a sufrir daños.

—Pero sí me importa—. La agarró por el codo, con no demasiada delicadeza, y la atrajo hacia su pecho. El triunfo brillaba en sus ojos azules y helados.

Su sonrisa reptiliana la hizo sentir un fuerte temor. —Te casarás conmigo, Theadosia. Tengo los medios para obligarte.

—No lo creo.

Se giraron para ver a un Duque de Sutcliffe sin sombrero y sin guantes subiendo la colina.

A pesar de que se acercaba sin prisas, su pecho subía y bajaba rápidamente como si se hubiera apresurado. Todo en él gritaba elegancia animal masculina, pero también exudaba peligro primitivo.

Su mirada se fijó en la mano que agarraba el brazo de Theadosia, y la mirada asesina que le dirigió al señor Leadford hizo que otro escalofrío le recorriera los hombros a ella.

No era un hombre con el que debiera cruzarse, y se alegró de que su ira estuviera dirigida al señor Leadford.

—Suéltela, Leadford.

En tres zancadas más Víctor estaba sobre ellos.

El señor Leadford se levantó, manteniendo su duro agarre en el brazo de ella. Agitó las flores hacia Víctor.

—Soy su prometido, y es mi derecho...

—Le dije que la soltara.

Víctor se acercó, y la bravuconería del señor Leadford perdió un ápice. No retrocedió ni renunció a su agarre, pero su nuez de Adán se balanceó hacia arriba y hacia abajo como un ratón asustado atrapado en una estantería, y su mirada esquiva se desplazó como si determinara la ruta de escape más rápida.

Con una voz mortalmente calmada pero inflexible, Víctor declaró: —Formalmente no están comprometidos, y como ella se opone a que la toquen, usted la está molestando—. Miró a Theadosia en busca de confirmación, y ella asintió con vehemencia. —Quizá haya que informar al magistrado. Es dudoso que conserves tu puesto después.

Eso fue todo.

El señor Leadford retrocedió un paso, pero al parecer no estaba dispuesto a abandonar el campo todavía.

—No aprecio su interferencia, Sutcliffe. Estamos comprometidos. Su padre lo formalizó verbalmente conmigo, y el resto son meras formalidades—. De nuevo agitó las pobres flores maltratadas.

Theadosia soltó el agarre de la botella y se acercó a Victor.

Él enseguida metió la mano de ella en el pliegue de

su codo y la mantuvo a su lado. Algo que podría hacer una pareja casada desde hace mucho tiempo.

Al instante, su miedo se disipó, para ser sustituido por la familiar sensación de volver a casa que experimentaba cada vez que él la tocaba.

—Es Su Excelencia para usted, y no me gusta que acose a la señorita Brentwood con su atención no deseada.

Con su mirada asesina, Leadford levantó la barbilla, una decisión desafortunada, ya que atrajo la atención hacia el grano imposiblemente grande que tenía.

—Eso es porque la desea para usted—. Una vez más, Theadosia deseó arrancarle la media sonrisa de su cara. —He oído que se ha ofrecido por ella, pero Brentwood lo ha rechazado rotundamente.

Algo caliente y gratificante ardió detrás de su esternón. Theadosia buscó las llamativas facciones de Víctor, temiendo creer lo que acababa de escuchar.

—Escuchando en el ojo de la cerradura, ¿verdad? —Lanzó una mirada despectiva a Leadford. —¿Por qué no me sorprende?

—¿De verdad pediste mi mano? —Aquel sueño se había hecho por fin realidad, aunque por todas las razones equivocadas, y su padre lo había aplastado sin tener en cuenta sus deseos.

Víctor le dedicó una breve mirada y una sonrisa cariñosa. —Sí, lo hice.

¿Así era como pretendía ayudarla?

La risa regodeante de Leadford perturbó la tranquilidad del huerto.

—Ni siquiera pudo comprar su mano con todos sus ilustres títulos y riquezas. Fue tan patético, casi mendigando, ofreciéndole la dote de su hermana y la remodelación de la casa parroquial y la iglesia. Y Brentwood seguía diciendo que no.

El señor Leadford volvió a reír, esta vez de forma más maníaca que humorística.

Está loco. Dios mío, papá me ha prometido a un loco.

Theadosia se encogió al lado de Víctor, y él le rodeó la cintura con su brazo.

Ante la osadía de Víctor, Leadford cerró los puños, aplastando los tallos de las flores. Su rostro brillaba en carmesí, su pecho subía y bajaba con su pesada respiración.

—También le prohibió verla, y puede estar seguro de que le diré que lo ignoró.

Víctor no se inmutó ante el ataque verbal del señor Leadford. De hecho, su frío control contrastaba con la agitación del vicario.

—Cuento con ello. Y puede decirle que seguiré haciéndolo hasta que ella me diga que me detenga.

—Lo cual nunca haré—. Esa verdad bien podría saberse.

La sonrisa encantada que Víctor le otorgó le provocó todo tipo de cosas peculiares en su interior.

—Ya la ha escuchado. Sea un buen hombre y váyase—. Víctor sacudió la cabeza en la dirección que acababa de llegar. —Mi paciencia se agota.

Un petirrojo bajó de un manzano y comenzó a hurgar en el suelo a unos metros de distancia.

Leadford tiró las flores al suelo y el pájaro, presa del pánico, levantó el vuelo con un gorjeo indignado.

—Es mía, Sutcliffe, ¿me oyes? Theadosia es mía. En cuestión de semanas, estará en mi cama, dándome placer. ¿No le carcome eso? Yo, el humilde clérigo, tocándola día y noche, en cualquier lugar y en cualquier momento que desee. Haciendo que se quede embarazada, una y otra vez.

—¡Nunca! —dijeron simultáneamente Theadosia y Victor.

Víctor le pasó los dedos por las costillas, un movimiento emocionante y relajante al mismo tiempo. —Haré de Thea mi esposa, Leadford. Será mejor que se prepare para esa eventualidad.

Ella asintió con la cabeza, permitiendo finalmente que su repulsión por Leadford se manifestara. —Nunca me casaría con usted. Nunca.

Una sonrisa autocomplaciente sustituyó a la furia de Leadford. Lleno de superioridad, dobló una rodilla y apoyó una mano en la cadera.

—¿Ni siquiera para evitar que tu preciado papá vaya a la cárcel?

Theadosia se puso rígida y el corazón se le hundió en el vientre. Le dirigió a Víctor una rápida mirada de preocupación antes de mojarse el labio inferior. No quería preguntar, temiendo la respuesta, pero debía saberlo.

—¿Qué está insinuando?

—Es muy sencillo, querida. Si no te casas conmigo, revelaré lo que sé y tu padre irá a la cárcel durante mucho, mucho tiempo—. Se agarró la garganta teatralmente. —Incluso podría... *colgarlo*.

Theadosia se sacudió como si estuviera ensartada.

—No le creo. Papá nunca haría nada inmoral o ilegal.

Excepto que... estos últimos días había estado fuera de sí. Como un hombre que lleva una tremenda carga. Oh Dios, ¿había algo de verdad en la despreciable acusación de Leadford?

—Todos los hombres son capaces de traicionar si las circunstancias lo decretan. ¿Podrías vivir contigo misma, Theadosia? ¿Sabiendo que podrías haber evitado el destino de tu padre? ¿Sabiendo que tu madre y tu hermana serán expulsadas de su hogar, deshonradas y empobrecidas? Y pensar que podrías haber aliviado sus penurias siendo desinteresada y casándote conmigo.

Lo que decía no podía ser cierto. Su padre valoraba la honestidad y la integridad por encima de todo.

Leadford se pasó las manos por la parte delantera de su sencillo abrigo negro, eliminando de la tela un par de pétalos perdidos. —Si no fuera un hombre moral, no me molestaría en casarme contigo. Sin embargo, tu padre habría aceptado entregarte a mí. Deberías saberlo.

—No —respiró ella.

Aunque negaba su afirmación, sabía que probablemente decía la verdad.

—Una palabra más, Leadford, y lo dejaré tirado en el suelo.

Con una voz carrasposa por la furia apenas reprimida, Víctor avanzó un paso.

—Tsk, Su Excelencia. Un temperamento tan violento. Rezaré por ese vicio junto con todos los demás. Ahora los dejaré para que se despidan. No volverán a verse. Me encargaré de eso. Voy a informarle al reverendo de su reunión clandestina. No me sorprendería en absoluto que te encerrara en tu habitación y me enviara a adquirir una licencia especial de inmediato, querida.

—Eres vil hasta la médula—. A punto de perder completamente la compostura, Theadosia apartó la cara.

—Sólo piensa, *cariño*, que podríamos estar casados dentro de un día—. Con una mirada lasciva, él se inclinó hacia su línea de visión. —Por cierto, espero una virgen en mi cama, o tendré que contarle a las autoridades lo que sé sobre el honorable Oscar Brentwood. Qué pena si nos casamos y de todos modos el querido padre se encuentra encarcelado.

Tras otra sonrisa de regodeo, saludó alegremente con la mano y se dirigió hacia la ladera.

Inmóvil, incapaz de apartar su atención, ella lo observó sin pestañear hasta que desapareció de su vista. Inhaló una bocanada de aire y se llevó las yemas de los dedos a la frente.

—Por eso mi padre insiste en que me case con él —logró decir a través de su garganta atascada de lágrimas. —Papá ha cometido algún tipo de delito.

CAPÍTULO 9

Cerrando los ojos, Theadosia luchó contra la desesperación.

¿Cómo podía enviar a su padre a la cárcel? ¿O algo peor?

—No sé qué hacer, Víctor. No puedo permitir que encarcelen a papá ni arriesgarme a que lo cuelguen. Tampoco puedo ver a mamá y a Jessica en la calle, en la indigencia, aunque estoy segura de que James las ayudaría. Pero la vida con esa miserable excusa de humanidad sería totalmente insoportable. Me enferma muchísimo pensar en...

Su carne se encogió de repulsión cuando Leadford la miró. ¿Cómo podría tolerar su contacto?

Una lágrima se filtró de sus ojos y Víctor la apartó con el pulgar. La estrechó entre sus brazos y le besó el cabello cerca de su sien.

—No subestimes mi poder y mis contactos, querida. Leadford está chantajeando a tu padre. Lo he deducido esta mañana. Tenemos que averiguar para qué y, para ello, he conseguido la ayuda de tu hermano. Leadford no se detendrá después de obligarte a casarte con él. Continuará con la extorsión. Hay que hacer ver a tu padre que la única forma de salir de este pozo negro es que confiese lo que sea que haya hecho.

Con los ojos aún cerrados, ella disfrutó del confort de su abrazo.

—¿Por qué está tan decidido a tenerme? Nos conocemos desde hace poco tiempo, pero vi algo en sus ojos ese primer día. Está obsesionado, y es aterrador. No sé de qué es capaz—. Se estremeció y se hundió más en el pecho de Víctor.

Apenas llevaba el mismo tiempo reencontrándose con él y, sin embargo, se sentía más cómoda con él que con cualquier otra persona, incluida Jessica.

—Sospecho, querida, que va detrás del rectorado, de la iglesia, de todo. Todos los Santos es una parroquia próspera—. Víctor volvió a besarle la sien mientras le pasaba la mano por las costillas. —También creo que está desquiciado. Hace unos días le envié una carta a un amigo mío, el duque de Westfall. Lo conocerás en el baile.

—*Si* voy... —Ella empezó a protestar.

Él la hizo callar con un dedo en los labios. —*Claro* que irás.

Su confianza le honraba, pero no conocía a su padre como ella.

—Como decía —dijo Víctor —, a Westfall le gusta incursionar en el trabajo de investigación amateur, y le he pedido que husmee y vea lo que puede descubrir sobre Leadford. Algo huele muy mal con respecto a ese canalla.

—Víctor, no esperaba que pidieras mi mano cuando te pedí ayuda.

Theadosia habló en su delicioso, varonil y firme pecho. Podría estar así durante horas. Toda una vida.

—Créeme, lo deseaba, y no lo habría hecho si no fuera así. He estado considerando la idea desde que te besé por primera vez—. Le levantó la barbilla y su mirada penetrante se clavó en la de ella. La suya contenía una tentadora promesa. —Lo que pienso hacer de nuevo. Ahora.

—Oh, sí. Por favor.

Ella acercó su boca a la de él, suspirando cuando sus labios se encontraron con los suyos. Este beso fue diferente al primero, más reverente, pero con una pasión contenida.

Con un gemido gutural, Víctor la aplastó contra su pecho y conquistó su boca. Su lengua recorrió la de ella, y ella respondió instintivamente a cada empuje.

Sólo el tintineo del contenido de la cesta desvió su atención de sus besos abrasadores. Con una risa temblorosa, sacudió el recipiente. —Casi se me cae esto, y la pobre señora Fielding necesita todo el respiro posible con cinco pequeños ahora.

Víctor enmarcó su rostro entre las manos, con una expresión tan seria que a Theadosia se le encogió el corazón.

—Thea, fúgate conmigo a Gretna Green. Hoy mismo. Puedo tener un carruaje preparado en una hora.

—Tu caballerosidad es conmovedora y apreciada, Victor, pero ¿qué clase de mujer sería si te permitiera hacer semejante sacrificio por mí? Tenías que elegir a tu prometida en el baile, ¿recuerdas? Difícilmente soy material de duquesa.

—Créeme, cariño, no es ningún sacrificio. Te adoro y quiero casarme contigo. Tenía la intención de pedírtelo en el baile. No he podido sacarte de mis pensamientos desde que nos encontramos en el cementerio. Cuando intento dormir, invades mis sueños. Cuando miro los libros de cuentas, pierdo la noción de dónde estoy, porque sigo recordando nuestro beso. Si nos fugáramos, estarías a salvo de Leadford por ahora y siempre.

Sintiendo que iba a fragmentarse, forzó su boca en una sonrisa y apoyó la palma de la mano en su mejilla. Incluso a través del guante, notó la barba oscura y erizada que cubría su delgada mandíbula. ¿Era él un hombre que tenía que afeitarse más de una vez al día?

Al igual que en el patio de la iglesia, le tomó la mano e inclinó su brillante cabeza de medianoche para besar el interior de su muñeca.

—No puedo, Víctor. No hasta que sepa qué está usando Leadford para chantajear a papá. No seré la causa del encarcelamiento de mi padre—. Ella no podía ni contemplar que lo colgaran. —Tampoco puedo enfrentarme a ser rechazada por mi familia. No conoces a papá. Es inflexible. Ni siquiera se nos permite decir el nombre de Althea. Si tú y yo nos casamos y él no va a la cárcel, puede que no vuelva a ver a mi madre o a mi hermana.

¿Cómo podía elegir entre el hombre que amaba y su madre y su hermana?

¿Podría persuadir a James para que organizara encuentros clandestinos?

¿Mamá también desobedecería a papá en ese asunto?

Los rasgos de Víctor se tensaron.

—Tú no eres la causa del dilema de tu padre. El reverendo ha hecho algo, probablemente criminal, y Leadford sabe lo que hizo—. La censura endureció sus rasgos, y su voz adoptó la nota áspera que ella había llegado a reconocer como señal de ira controlada. —Tu padre sólo puede culparse a sí mismo, y es cruel impedirte ver a Althea. ¿Dónde está el perdón que predica desde su púlpito?

—Todo lo que dices es cierto, pero sigue siendo mi

padre, Víctor, y lo amo a pesar de sus defectos. Seguro que puedes entenderlo después de que tu padre...

—Lo sé, y lo entiendo—. Le besó la frente y exhaló un profundo suspiro. —Bien. No nos fugaremos, pero ¿te casarás conmigo, Thea? ¿Y confías en mí para ayudar a tu padre?

—Quiero decir que sí, Víctor. De verdad que sí—. Ella dejó caer su mirada mientras un rubor calentaba sus mejillas. —He soñado con ser tu esposa durante mucho tiempo.

Allí, ella lo había dicho.

Le dio una pista sobre sus sentimientos. Una unión entre ellos podría ser un matrimonio de conveniencia para él, pero para ella sería un matrimonio por amor.

—¿Lo has hecho? ¿De verdad?

El brillo ardiente y hambriento de sus ojos grises como el acero casi le hizo perder el piso. Él capturó su boca en otro beso ardiente, y pasaron varios momentos de felicidad antes de que él apartara sus labios de mala gana.

—No puedo decirte lo feliz que me hace saber que has pensado en convertirte en mi esposa. No quería una unión fría y sin afecto, pero temía tener que conformarme con una. Sé que podemos ser muy felices juntos.

Por primera vez, ella permitió que el amor que había mantenido oculto se manifestara en la mirada de adoración que le dirigió. Él no había dicho que la amaba, pero su alegría por su declaración seguramente significaba que también sentía algo por ella, ¿no?

—Entonces sí, me casaré contigo.

Él le acarició la nuca con su fuerte mano, y la ternura suavizó sus rasgos. —Debemos casarnos antes del dieciséis de agosto o todas mis propiedades no desamortizadas y mi dinero serán otorgados a mi primo. Mi madre tendría que desalojar Ridgewood Court, y no dejaré que eso ocurra.

¿Víctor tenía que casarse para no ser desheredado?

Su euforia anterior se desvaneció.

No había nada de caballeroso o galante en eso.

Ella había sabido desde el principio que él debía casarse rápidamente. Él era una opción mucho mejor que el señor Leadford, y ella sería una tonta idealista si rechazara su oferta, incluso si ella era simplemente un medio para lograr un fin para él.

—¿El dieciséis de agosto? Pero... sólo faltan unas semanas.

—Así es, y para entonces *deberé* estar casado.

Hacía un momento, el corazón de Theadosia había estado tan lleno que casi lloraba, y ahora quería sollozar de angustia. Se apartó de su fuerte abrazo, temiendo su respuesta, pero debía saber la verdad.

—¿Estás diciendo que si este asunto con mi padre no se resuelve en un mes, y no puedo casarme contigo todavía, te casarás con otra?

Con una expresión sombría, Víctor asintió.

—No deseo eso, pero estoy obligado por el honor a proteger a mi madre, así como tú debes proteger a tu padre—. Incluso para sus propios oídos, sonó débil y poco convincente.

Ella se alejó, su corazón se rompía más con cada paso en retirada.

—Te casas para conservar la riqueza y las propiedades y para mantener a tu madre en su opulenta mansión. A mí me obligan a casarme con un canalla para mantener a mi padre fuera de la cárcel y evitar que mi madre y mi hermana se queden sin hogar—. Sacudió la cabeza, con una lágrima recorriendo su mejilla. —No son en absoluto lo mismo, Víctor. Fui una ingenua al pensar que yo era algo más que un medio conveniente para un objetivo para ti.

~ * ~

Con el corazón más pesado que cuando salió de la casa parroquial esa mañana, Theadosia suspiró al abrir la puerta de la cocina. El olor a pan recién horneado y a lo que parecía un asado de carne llenaba la cálida habitación. Hoy no había comido, y normalmente los deliciosos olores la habrían llevado a buscar una o dos galletas.

Pero no después de su desgarradora despedida de Víctor.

Él no había negado su acusación. Se limitó a quedarse allí, con su hermoso rostro duro e inflexible, mientras ella se alejaba y cada paso le provocaba una nueva grieta en el corazón.

Aunque él profesaba querer casarse con ella, se

casaría con otra para conservar su dinero y sus propiedades y para proteger a su madre.

La duquesa no se enfrentaba a la cárcel ni a la horca. Quizás tendría que vivir en otra mansión. ¿Y qué? Seguiría viviendo una vida mimada y privilegiada.

La razón susurró la dura e ineludible verdad.

No se podía esperar que Víctor esperara y sacrificara su herencia o la casa de su madre por la posibilidad de que Theadosia escapara del destino que su padre había orquestado para ella.

Él había jurado que haría todo lo que estuviera a su alcance para descubrir la verdad.

Pero ¿cuánto tiempo le llevaría?

¿Semanas?

¿Meses?

Ella no tenía tanto tiempo.

Perder a Víctor antes de que fuera suyo le destrozaba el corazón.

Tras dejar la cesta sobre la mesa de trabajo, se apartó los rizos sueltos de la frente y se dirigió a la habitación que compartía con Jessica.

Quería pensar y necesitaba urgentemente hablar

con James. Debía contarle lo que había sucedido.

¿El señor Leadford ya se lo había contado a su padre como había amenazado?

¿Papá realmente la encerraría en su habitación?

Sí. Lo había hecho con Althea.

La situación de Theadosia era imposible. No importaba lo que ella decidiera, ella lastimaría a alguien que amaba. Tendría que elegir el menor de los males, y cualquiera de los dos le dejaría cicatrices y un corazón roto.

Protege a mi madre como debes proteger a tu padre.

Las palabras de Víctor volvieron a sonar en su mente, arrancándole el corazón del pecho.

Cuando se acercó a la escalera, la voz enfadada de mamá recorrió el pasillo.

—Esta vez has ido demasiado lejos, Oscar. No estuve de acuerdo cuando rechazaste a Althea, y no voy a quedarme de brazos cruzados mientras obligas a Theadosia a casarse con un hombre despreciable a quien no puedo soportar.

Theadosia se arrastró de puntillas por el pasillo, procurando evitar los chirriantes tablones del suelo. Al llegar al salón, Jessica se acercó a la puerta adyacente con un dedo en los labios.

En silencio, instó a Theadosia a entrar en el estudio.

—Han estado discutiendo casi desde que te fuiste —le susurró Jessica al oído.

—¿Ha vuelto el señor Leadford?

Jessica sacudió la cabeza, los rizos rubios que enmarcaban su rostro rebotando.

—No, pero esa es la razón por la que me estoy escondiendo aquí. Si vuelve, quiero asegurarme de que no espíe—. El color subió por sus mejillas. —Sé que soy culpable de hacer lo mismo, pero lo hago porque quiero ayudar. Él sólo usaría lo que escucha para su propio beneficio.

Una verdad no menor.

Las lágrimas llenaron los ojos de Jessica. —Cielos, no puedo soportar a ese hombre, y no puedo aceptar la idea de que tengas que casarte con él. Es un cerdo repugnante.

Rodeando con un brazo la cintura de su hermana, Theadosia le dio un abrazo. —Voy al salón. Mamá y papá están discutiendo mi futuro. El tuyo también. No puedo quedarme de brazos cruzados y no expresar mi opinión. Además, he visto a Leadford hace un momento y nos ha amenazado a mí y a papá.

Los bonitos ojos de Jessica se abrieron de par en par y su mandíbula se hundió. —Sabía que era un malvado.

—No tienes ni idea de hasta qué punto lo es—. Theadosia se estremeció al recordarlo.

Mejor no mencionar que Víctor también había estado allí o sobre su propuesta. Theadosia sabía lo que su dulce hermana diría al respecto.

Un pensamiento horrible la golpeó, robándole el aliento.

Si se casaba con Víctor, ¿podría Leadford dirigir su vulgar atención hacia Jessica?

Otra razón por la que no podía casarse inmediatamente con Víctor.

—Me llevo a nuestras hijas y nos iremos a vivir con James hasta que entres en razón—. La voz de mamá se quebró. —¿No fue suficiente con perder una hija, Oscar? No puedo perder a otra.

¿No sabía mamá que James alquilaba un alojamiento en el Albany? No tenía sitio para ellas, y

Theadosia no creía que a las mujeres se les permitiera residir allí tampoco.

—Iré contigo —dijo Jessica, con una decidida inclinación de su pequeña barbilla.

Theadosia tomó su mano, y con la boca aplanada en una línea firme, entró en la habitación.

—Marianne, no puedes irte con Theadosia. Es imposible.

Papá se hundió en una silla, y levantando una mano temblorosa hacia su rostro ceniciento, apartó con los nudillos una lágrima.

—¿Por qué no, papá? ¿Por qué me has prometido al señor Leadford cuando sabes que lo detesto?

Theadosia, sosteniendo la mano de Jessica, se quedó en la entrada.

Sobresaltado, levantó la vista un instante, luego dejó caer la mirada a su regazo y no dijo nada.

¿Cuándo se había convertido él en un cobarde?

Con el rostro tenso, mamá también miró hacia la puerta. Señaló al sofá descolorido que había delante de la ventana. —Será mejor que entren, ya que esto las involucra a las dos.

Aunque Theadosia sentía cierta compasión por su padre, él la había puesto en un horrible aprieto. Debía admitir su error y reconocer su egoísmo.

Después de tomar asiento, se enfrentó a su mirada triste de frente. —El señor Leadford dice que si no me caso con él, irás a la cárcel. Puede que incluso te cuelguen.

—Por Dios, Oscar, ¿qué has hecho? —preguntó mamá, con la voz quebrada de nuevo. Pálida como su fichu de encaje, se sentó rígidamente a una silla. Apretando una palma inestable contra su pecho, tragó saliva.

Jessica apretó los dedos de Theadosia mientras papá miraba por la ventana, con el rostro arrugado y demacrado.

—Pensé que si les proporcionaba a Theadosia y a Jessica algunos de los lujos que les gustan a las mujeres jóvenes, no tendrían la tentación de pecar como lo hizo Althea—. Les dirigió una mirada arrepentida.

De ahí los nuevos vestidos y las fruslerías.

—Comprendo que es duro ser la esposa e hijas de un rector —murmuró, con la voz tan baja que Theadosia tuvo que esforzarse para oírlo. —También sé que doy nuestra comida y otras pertenencias, incluso el dinero, a los pobres hasta tal punto que debemos economizar. Debemos prescindir y llevar una vida sencilla y frugal. Pero también me doy cuenta de que las mujeres quieren cosas bonitas, y las niñas estaban llegando a cierta edad, temía que buscaran la clase de joven equivocado, como lo hizo Althea.

La generosidad de su padre había estado fuera de lugar, pero Theadosia no se había preguntado de dónde había sacado los fondos para sus nuevas prendas, gorros y zapatos estos últimos meses. Supuso que él había recibido un aumento de sueldo.

—Puede que no llevemos lo último de la moda ni comamos manjares, pero siempre hemos tenido suficiente. Entonces, ¿qué es lo que estás diciendo exactamente, Oscar?

Mamá no le estaba permitiendo transferir la culpa a ellas.

Agachando la cabeza, él se cubrió los ojos con las yemas de los dedos.

—He estado tomando prestado del fondo de

diezmos y del órgano, y también me he quedado con dinero que dije que se enviaba a la Diócesis —admitió, aún sin encontrar sus miradas. —Han pasado seis meses desde que Benedict se fue, y no creí que Leadford se daría cuenta de las pequeñas discrepancias en los libros de cuentas. Juro que tenía la intención de devolver hasta el último centavo.

Sumamente lívida, con su cabello rojo casi crepitando por su ira, mamá entrecerró los ojos. —Tú también has vuelto a apostar, ¿verdad? Como antes de mudarnos aquí.

La barbilla de papá se hundió en el pecho y sus hombros se desplomaron. —Sí.

Los labios de mamá temblaron y negó con la cabeza. —Me lo juraste, Oscar. Sobre la Biblia. Prometiste no volver a tocar los dados.

Theadosia intercambió una mirada estupefacta con Jessica. ¿Papá era un jugador?

—¿Cuánto, Oscar? —preguntó mamá. —¿Cuánto has robado?

—Leadford dice que son casi quinientas libras.

¿Quinientas? Bien podrían ser cinco mil.

Jessica jadeó, y mamá se desplomó contra su silla.

—No recuerdo haber tomado tanto—. Papá nunca había sido muy bueno con la contabilidad ni con las cifras, algo que había admitido de buena gana. —He devuelto un poco con mi sueldo.

James entró en el salón, con una expresión feroz.

—¿He oído bien? ¿Has estado malversando fondos de la iglesia y apostando? ¿Por la cantidad de quinientas libras? —Hizo un ruido de disgusto en el fondo de su garganta y se alejó de papá. Se pasó una mano por el cabello y volvió a girar para enfrentarse a él.

—Dios mío, papá. ¿Tienes idea de lo duros que son los tribunales con los hombres del clero? —James levantó las manos. —¿Hombres que predican la rectitud y la honestidad y luego traicionan la confianza de la iglesia y de su parroquia?

Theadosia se frotó la sien. Esto era mucho más horrible de lo que había imaginado.

—Te das cuenta de que Leadford no se limitará a casarse conmigo, ¿verdad? Estarás bajo su pulgar, arrastrándote cada vez que decida que quiere algo más. Nos ha arruinado, papá. ¿Cómo vamos a librarnos de él?

Su padre levantó los ojos, con una expresión de vergüenza. Miró primero al rostro afligido de mamá, luego a Jessica y por último a Theadosia.

—Perdónenme—. La humedad brilló en sus ojos. —Me temo que es incluso peor que eso.

—¿Cómo podría ser peor? —La incredulidad estranguló su voz y James se dejó caer sobre el brazo del sofá.

—Leadford afirma que, dado que las mujeres utilizaron el dinero robado para comprar vestidos y cosas, son cómplices del crimen—. Con la mirada suplicante, papá se encogió en su silla. —Si no hacemos exactamente lo que exige, jura enviar a tu madre y a tus hermanas a la cárcel también.

Capítulo 10

Dos mañanas después, tras un par de noches sin dormir reviviendo las últimas y desgarradoras palabras de Thea, Víctor volvió a golpear el marco de la puerta abierta del solarium.

—Madre, ¿puedo hablar contigo si tienes un momento?

Ella dejó a un lado su correspondencia y, quitándose las gafas, sonrió cálidamente.

—Querido, perdona que te lo diga, pero pareces agotado. ¿No volviste a dormir bien anoche? — Tomó la campana que estaba sobre su pequeño escritorio. —¿Llamo a Grover para pedirle un café?

—No, ya me he tomado tres tazas, lo suficientemente espesas y negras como para cubrir de brea un tejado—. Se inclinó y la besó en su mejilla levantada. —He pasado la noche paseando por mi dormitorio, y he llegado a una decisión muy difícil.

—Toma asiento y dime qué te tiene tan descontento. ¿Tiene que ver con Theadosia?

La miró con dureza.

¿Cómo lo sabía?

—No parezcas tan sorprendido, cariño—. Ella le dedicó una de sus sonrisas maternales; la que decía que sabía algo que él creía que no sabía. —Vi cómo la mirabas la otra noche. Pero también hubo otros indicios de tus sentimientos.

—¿Qué indicios? He sido muy discreto—. Incluso se había mentido a sí mismo sobre sus motivos y acciones.

Ella levantó la mano, con los dedos extendidos, y los fue señalando uno a uno.

—Invitaste impulsivamente a los Brentwood a cenar; tú nunca eres impulsivo, querido—. El pulgar. —Me pediste que me asegurara de invitarlos al baile—. Dedo índice. —Y que me asegurara de que ellos también asistirían. También me sugeriste que le pidiera a Theadosia que me ayudara con la planificación. Desapareciste casi todos los días a la misma hora y te vieron con ella cerca de Bower Pool.

Dedo medio, anular y meñique, uno tras otro.

Ella elevó una fina ceja. —La madre de los Walter es hermana de nuestra criada de la despensa.

Ah, los bribones lo habían delatado con su madre.

Su madre se tocó el otro pulgar con el dedo índice. —Y de Dios sabe dónde, conseguiste una caja de naranjas para mermelada.

Movió los dedos beringados frente a su cara. —Está claro que estás enamorado, y yo no podría estar más feliz por ti. Sobre todo porque Theadosia obviamente te devuelve el afecto.

Él negó con la cabeza y se rio. ¿No se le escapaba nada a su madre?

—Yo la amo. Creo que la amaba antes de irme hace tres años, pero no reconocía que eso era lo que sentía.

—Entonces, ¿por qué esa cara de desánimo? Ya tienes a tu prometida—. Ella le dedicó una sonrisa brillante. —¿Debemos hacer un anuncio en el baile?

—No es tan sencillo—. Tomó asiento junto a ella y, de la forma más sucinta posible, se lo explicó todo.

—Sabía que había algo desagradable en ese trol—. Con los labios fruncidos, arrugó la nariz. —Y pensar que se sentó en mi mesa. Le diré a Grover que tire la servilleta que usó.

Cómo iba a distinguir el mayordomo entre esa servilleta en particular y las otras veinte o treinta, Víctor no podía imaginarse.

—Encontraré la manera de lidiar con Leadford —dijo él —, pero me preocupa lo que esto significa para ti.

Ella tomó su mano entre las suyas. —Víctor, escúchame. Puedo tener mi hogar en cualquier lugar, siempre que mis hijos y mis nietos me visiten a menudo. Ridgewood es sólo un edificio. Sí, hay muchos recuerdos maravillosos aquí, pero tú amas a Theadosia. Debes hacer todo lo posible para que sea tu duquesa. Si eso significa que tu cumpleaños llega y no te casas, no importa. Jeffery ganará una fortuna y varias propiedades. Estará extasiado. De todos modos, nunca acepté esa adición al testamento.

¿Hubo alguna vez una madre más maravillosa?

—Probablemente habrá un escándalo, madre. Un montón de cotilleos y chismorreos cuando todo salga a la luz. Ten por seguro que habrá quien diga que me he casado por debajo de mi nivel.

—Oh, tonterías. Eso siempre hace que el romance sea más emocionante. Yo cancelé mi compromiso con un príncipe ruso para casarme con tu padre. La prima Cora estuvo encantada de ocupar mi lugar.

—Cuéntame. ¿Un príncipe ruso? ¿Podría haber sido un príncipe en lugar de un simple duque?

—Constantino nunca tuvo una oportunidad. No tenía nada que envidiarle a la buena apariencia de tu padre—. Ella se inclinó hacia adelante y besó la mejilla de Víctor. —Ahora ve a ser un héroe. Las mujeres adoran a los hombres que vienen a rescatarlas, pero deja que ella piense que también ayudó—. Le guiñó un ojo. —Ahora ve, haz lo que tengas que hacer para salvar a nuestra querida Thea.

Dos horas más tarde, Víctor entregó las riendas de Acheron a un mozo de la posada de la Rosa Azul en Essex Crossings. James había enviado una misiva esa mañana diciendo que necesitaba urgentemente hablar con su viejo amigo.

Víctor saludó con la cabeza a los clientes mientras se dirigía a una mesa en la esquina más alejada.

James, con la expresión más taciturna que Víctor había visto nunca, miraba fijamente una jarra de cerveza.

—Supongo que no tienes buenas noticias.

James le dirigió una mirada cáustica antes de dar un largo trago a la cerveza. —No.

—¿Qué ha pasado?

Para cuando James terminó de hablar, a Víctor le costó no levantarse de un salto e ir en busca de Leadford y reacomodarle su rostro. En su lugar, bebió el resto de su cerveza.

—¿Tiene algún mérito lo que afirma Leadford? ¿Pueden las mujeres ser juzgadas y condenadas como cómplices?

James negó lentamente con la cabeza, con expresión pensativa. —Pueden ser juzgadas, pero papá ha escrito una declaración en la que afirma que sólo él fue responsable. Por lo que sé, mamá y mis hermanas no tenían acceso a los registros, aunque eso podría ser difícil de probar. El escándalo sería espantoso, pero no creo que las condenen. Sin embargo, papá sí lo será.

Víctor enganchó el brazo sobre el respaldo de su

silla. —¿Y si devuelvo los fondos y tu padre dimite con efecto inmediato? Incluso estaría dispuesto a restaurar y reformar la casa parroquial y la iglesia. ¿Crees que la Iglesia consideraría entonces tener algo de clemencia?

En opinión de Víctor, eso era poco menos que un soborno, pero la experiencia le había enseñado que los incentivos llegaban muy lejos. Hasta con los que decían tener una vocación divina.

Cruzando los brazos, James inclinó su silla hacia atrás. —No mientras Leadford esté cerca para agitar las cosas—. Suspiró y se pasó una mano por los ojos. —No estoy diciendo que mi padre no deba asumir la responsabilidad de lo que ha hecho, ni que deba escapar al castigo. Pero ambos sabemos que si él fuera un par del reino, nunca vería el interior de una celda.

Haciendo una señal al camarero para que le sirviera otra jarra, miró a Víctor para ver si también deseaba otra.

Víctor inclinó la cabeza en señal de afirmación.

—¿Y si estuviera él emparentado con un par del reino? ¿Y si aceptara hacer algún tipo de penitencia?

—Tal vez—. Encogiéndose de hombros, James

aceptó la espumosa jarra. Con la jarra en la boca, hizo una pausa y una sonrisa burlona inclinó sus labios.

—Espera. ¿Emparentado con un par del reino? ¿Tú y Thea?

—Ya se lo propuse. Ella dijo que sí si se arreglaba el asunto con Leadford. Tu padre, en cambio, dijo muy vehementemente que no—. Víctor estiró las piernas ante él, con una mano apoyada en la mesa. —Creo que se le podría convencer de que cambie de opinión si no estuviera siendo presionado por Leadford.

La sonrisa de James se amplió y se dio una palmada en la rodilla. —Lo sabía. Thea no podía apartar los ojos de ti, y tú no lo hacías mejor. Debo decir que no podría haber elegido a nadie mejor para ella.

—¿Entonces lo apruebas? —Era agradable tener a un Brentwood de su lado.

James seguía mostrando una sonrisa tonta. —De corazón.

—¿Puedo ver las cuentas? —preguntó Víctor.

—Por supuesto. Las revisé anoche. Sinceramente, son un desastre de garabatos, no puedo distinguir nada—. James arrojó una moneda sobre la mesa y se levantó. —Todavía queda el asunto del chantaje de Leadford.

Víctor lo siguió hasta la puerta. —He estado pensando en eso. ¿Qué crees que opina la iglesia sobre el chantaje y la extorsión? También lo escuché a él amenazar a Thea.

James hizo una pausa para ponerse el sombrero. Una sonrisa lenta y complacida hizo que su boca se volviera hacia arriba. —Pues yo diría que tan poco favorable como la malversación.

Su sonrisa victoriosa, Víctor mantuvo la puerta abierta. —Creo que es hora de hacerle una visita a Leadford.

~ * ~

Víctor estaba sentado en el acogedor y anticuado salón de la casa parroquial tomando té con la señora Brentwood y James. Antes había echado un vistazo a los libros de contabilidad de la iglesia. Eran un caos, pero aun así, identificó varios casos de cantidades alteradas, dos de ellos tan recientes como la semana pasada. No podía estar seguro, por supuesto, pero a su juicio, parecía que más de una persona había cambiado las entradas de al menos dos años atrás.

Alguien podría argumentar que una o más de las mujeres de la casa habían sido cómplices del reverendo, pero lo más probable es que fuera el vicario encargado de la contabilidad.

Si todo salía como Víctor había planeado, no importaría.

James también pensó que el plan de Víctor era factible.

—¿Sus hijas no están en casa? —preguntó Víctor, mientras buscaba a Thea. Como un rayo de sol, ella siempre iluminaba cualquier habitación en la que estuviera y lo llenaba de una paz que no encontraba en ningún otro lugar. —Me gustaría que ellas también estuvieran presentes.

—Theadosia está preguntando si podríamos devolver nuestras compras recientes—. La señora Brentwood se puso ligeramente colorada mientras se quitaba una miga del regazo, con la mano inestable. —Cuando lo vi llegar, envié a Jessica a la entrada trasera para que buscara a su hermana.

La pobre mujer parecía no haber dormido tampoco. ¿Cómo iba a hacerlo si su esposo se enfrentaba a la desgracia, el escándalo y el encarcelamiento, y un canalla chantajista había exigido a su hija que se casara con él?

—Espero que mi esposo y el señor Leadford lleguen a casa para la comida del mediodía en cualquier momento —dijo. —El señor Cox sufrió una fractura en la pierna cuando fue arrojado de su caballo ayer. A Oscar le gusta mucho llevar un poco de ánimo a los convalecientes—. Con las pinzas de azúcar en la mano, ella arrugó la frente. —¿Ya le he echado azúcar a mi té?

Hablaba para sí misma, y Víctor se encontró con la mirada preocupada de James por encima de su cabeza agachada.

Con un pequeño encogimiento de hombros, añadió un quinto terrón de azúcar, y removiendo su té tan dulce, les dedicó una sonrisa de fatiga. —Óscar quiere de verdad a sus feligreses, pero supongo que usted está aquí para hablar de ese otro disgusto, ¿no es así?

—Cuando todos están presentes, ya que también los

concierne a ellos—. Víctor se obligó a beber el té, pero después del café de esta mañana y de dos jarras de cerveza, su estómago protestó contra más líquidos.

—Él tendrá que renunciar, ¿no? —La señora Brentwood miró primero a su hijo y luego a Víctor. Su valentía se desvaneció, y dio un pequeño asentimiento derrotado. —Sí. Por supuesto que lo hará. Ya lo suponía—. Se tocó el rabillo del ojo con un nudillo doblado.

—No tiene elección, mamá—. James se inclinó hacia delante, con los codos sobre las rodillas. —Si papá va a obtener alguna gracia, debe mostrar verdadera humildad y remordimiento. No se le puede volver a confiar una parroquia. Debe saber que será expulsado.

La columna de su garganta se movió y parpadeó varias veces.

—Sí, eso pensé. No estoy segura de lo que haremos, pero a Oscar se le ocurrirá algo.

Si no se estuviera pudriendo en una celda.

Víctor se quedó mirando a su té frío. Había estado pensando en ese mismo detalle. Todo dependía de si Brentwood era acusado. Y eso dependía de que se pudiera convencer a Leadford de que guardara silencio.

Él se permitió hacer un gesto de satisfacción con la boca. Creía que tenía los medios para asegurarse de que Leadford lo hiciera.

Un alboroto en la entrada y el cierre de una puerta anunciaron que alguien había regresado.

—¿Ya te has decidido, Oscar? —preguntó Leadford.

—Realmente creo que lo mejor es que consiga una licencia especial y la ceremonia tenga lugar de inmediato.

—James, ese gusano no puede casarse con mi Thea —susurró ferozmente la señora Brentwood. El carácter protector de una madre hizo que su voz y su expresión fueran feroces. —Simplemente no puede.

—Señora Brentwood, no lo hará —dijo Víctor. —Necesito que confíe en mí en esto.

Con los rasgos apretados, sus preocupados ojos marrones tan parecidos a los de Thea, ella asintió rápidamente.

—No voy a discutir eso ahora, Héctor—. El desdén acribilló la voz silenciosa del reverendo. —Además, parece que tenemos visitas.

La señora Brentwood se levantó y se dirigió a la entrada. —Oscar, el duque de Sutcliffe está aquí, al igual que James. He enviado a Jessica por Theadosia. Su Excelencia desea hablar con todos nosotros.

—Apuesto a que sí —dijo Leadford con una risita. Un momento después, se pavoneó en el salón, saludando a Víctor y a James con un hosco:

—Caballeros.

Se sirvió un puñado de galletas antes de dejarse caer en un sillón. Sin duda creía que controlaba la situación. Se iba a llevar una desagradable sorpresa.

El júbilo retumbó en Víctor, haciendo sonar la fanfarria del triunfo en su sangre.

La señora Brentwood le dirigió a Leadford un gesto de censura mientras volvía a su asiento y levantaba la tetera.

—¿Un poco de té, Oscar?

—No, gracias—. El señor Brentwood hizo una breve inclinación de la barbilla a Víctor a modo de saludo. La mortificación irradiaba de su forma rígida. —James, ¿qué está ocurriendo aquí?

James dejó de tamborilear con las yemas de los

dedos en el brazo del sofá. —El duque y yo…

Un nuevo alboroto en la entrada anunció el regreso de las jóvenes.

Thea entró deslizándose, con los brazos cargados de paquetes envueltos en papel de estraza y atados con cuerdas. Se detuvo en la entrada cuando los vio a todos.

La señora Brentwood tomó el bulto que Thea colocó sobre la mesa cerca de la puerta. Su sonrisa de bienvenida se disolvió. —¿No has tenido suerte, cariño?

De nuevo, la mirada de Thea barrió a los ocupantes de la habitación, su delicada nariz se ensanchó al encontrarse con la atrevida mirada de Leadford. Le dirigió una mirada gélida.

—Me temo que no, mamá.

—Oh, espero que el té esté caliente—. Jessica, con las mejillas sonrosadas por el viento, pasó la mano por el codo de Thea y la guió hasta el sofá en el que estaba sentado Victor.

—Tengo bastante frío —dijo ella, sentándose en el brazo del asiento de su madre en lugar de ocupar la única silla que quedaba junto a Leadford.

Incluso cuando aceptó su humeante taza de té, las

tumultuosas nubes del exterior liberaron su generoso contenido.

—¿Hubo alguna vez un verano tan fresco? —comentó ociosamente la señora Brentwood a nadie en particular.

Con un elegante movimiento de faldas, Thea se hundió en el cojín junto a Víctor. Después de equilibrar su paraguas contra el asiento, rechazó el té con un pequeño movimiento de cabeza mientras se quitaba el sombrero. No era el alegre de las rosas azules, sino un desaliñado asunto de paja con una sola cinta verde deshilachada en los bordes.

—¿Qué era tan urgente que Jessica tenía que arrastrarme a casa antes de que terminara mis recados?

Todos miraron a Víctor. Él enganchó su tobillo sobre la rodilla y examinó las uñas de su mano izquierda. —Todos somos conscientes de que Leadford está chantajeando al señor Brentwood, ¿no es así?

Todos asintieron con cautela.

El rostro del reverendo enrojeció, pero Leadford ni siquiera tuvo la decencia de parecer avergonzado. Levantó un hombro, con un aire de seguridad en sí mismo. —No me hagan pasar por el villano. Simplemente estoy aprovechando una oportunidad para mejorar mi situación—. Movió sus dedos cubiertos de migas de galleta hacia el señor Brentwood. —Sólo puede culparse a sí mismo por haberse robado el dinero de la iglesia.

Thea agarró el mango de su paraguas.

¿Acaso estaba pensando en golpear a Leadford?

Víctor pensó que le gustaría ver eso.

Con los labios apretados, el reverendo permaneció en silencio, concentrado en sus manos cruzadas. Incluso Víctor sintió una pizca de empatía por el hombre contrariado.

—¿Cuándo fue la última vez que usted modificó los libros, señor Brentwood? —le preguntó.

Sorprendido, el clérigo parpadeó. Sus gruesas cejas plateadas se fruncieron en señal de reflexión y se rascó la barbilla. —Hace por lo menos cuatro meses. He estado ahorrando lo que tomé y distribuyéndolo lentamente para que no fuera obvio para Marianne.

—¿Hace cuatro meses, dice? Entonces, ¿por qué los libros de contabilidad muestran claramente al menos dos ajustes la semana pasada? —Víctor le lanzó a Leadford una mirada de "¿qué tienes que decir?"

Enderezando su columna vertebral con indignación, el señor Brentwood dirigió su mirada despectiva hacia Leadford. —Me acusas, amenazas con arruinar mi vida, me chantajeas y me coaccionas para que acepte que mi preciosa hija se case contigo, ¿y luego cometes el mismo pecado?

Por primera vez, Leadford parecía incómodo. Se mojó el labio inferior y movió los pies. —No, no, no lo he hecho—. Señaló a Brentwood. —Usted es el único culpable de ese delito.

Víctor sospechaba que el anterior vicario podría haber tenido los dedos pegajosos también, ya que Brentwood claramente no tenía idea de cómo llevar los libros correctamente. Era de extrañar que no hubiera habido consecuencias antes.

No importaba. Víctor tenía la intención de devolver cada centavo.

—Tengo una propuesta. Una que creo que será beneficiosa para todos—. Le dio a Theadosia una sonrisa tranquilizadora. Un pequeño destello de algo brilló en sus ojos por un momento, luego se desvaneció.

Un mechón se había soltado cuando ella se había quitado el sombrero, y el mechón ondulado se agitaba en su oreja. ¿Era su cabello la mitad de suave de lo que parecía? Ansiaba averiguarlo, ver esa masa desatada y envuelta en sus hombros y espalda.

Si todo iba bien, lo haría.

—¿Confías en mí, Thea?

Sus bonitos ojos se ablandaron. —Por supuesto que sí.

—Creo que se olvidan de quién tiene la sartén por el mango aquí—. Leadford hizo un ruido grosero, volviendo a su bravuconería. —No hay nada que puedan hacer o decir...

Víctor levantó la mano. —Escúcheme.

—Sí, cállese, señor Leadford —dijo la señora Brentwood. —Ya he tenido suficiente de usted. De hecho —deslizó una mirada de reojo a su esposo, y luego cuadró los hombros. —De hecho, tiene que irse de Todos los Santos en menos de una hora. Nos arriesgaremos con los tribunales y la iglesia.

La risa burlona de Leadford sonó. —¿Sometería a

sus hijas a la cárcel? ¿Acaso sabe lo que les hacen a las jóvenes bonitas allí? ¿Quiere que se lo cuente?

Probablemente disfrutaría contándolo, el depravado imbécil.

—Suficiente. No llegaremos a eso—. Víctor se puso de pie y, con las manos unidas a la espalda, se alejó. —Devolveré todos los fondos perdidos. No me importa quién los haya tomado, pero me aseguraré de que las cuentas estén equilibradas hasta el último centavo.

Jessica tomó la mano de su madre, y la esperanza iluminó los rasgos de la señora Brentwood.

—Por muy generoso que sea, Su Excelencia —dijo el señor Brentwood —, no excusa el hecho de que cometí un delito y tengo una adicción al juego.

—Exactamente—. Leadford se abalanzó, con las garras en ristre. —Si la Diócesis estuviera al tanto, sería expulsado y se enfrentaría a una pena de prisión o a la horca.

James sacudió la cabeza en dirección a Leadford. —Los hombres no son colgados por robo, idiota.

—Igual él iría a la cárcel. Probablemente moriría allí. ¿Y qué pasa con su mujer y sus hijas? El ojo izquierdo de Leadford se movió. Un indicio de que estaba muy nervioso.

Víctor se rio y se llevó una mano a la nuca. —Realmente no pensó en esto, ¿verdad? James se preocuparía por su familia, naturalmente.

Leadford se puso en pie. —Voy a escribir una carta pendiente. Veremos quién se ríe entonces.

—Quizá quiera replantearse eso, Leadford —dijo James, antes de bostezar detrás de su mano. —¿De verdad cree que los tribunales o la iglesia serán más amables con un extorsionador? Soy abogado. Yo debería saberlo. Sobre todo porque se puede argumentar que usted también le robó a la iglesia.

Víctor se palmeó el bolsillo de su abrigo. —Tengo aquí una carta de mi amigo, el duque de Westfall. Ha hecho una pequeña investigación para mí. La verdad es que me sorprendió saber de él tan pronto. Parece que usted era un tipo bastante desagradable en sus dos últimos puestos. La iglesia no quería un escándalo, así que lo trasladaron cada vez. Theadosia no es la primera joven que rechaza sus atenciones, ¿verdad?

—Oh, bien hecho, Su Excelencia—. Una frágil

sonrisa curvó la boca de Theadosia y su rostro brilló de optimismo.

—Vaya, vaya, qué interesante giro de los acontecimientos—. James se echó hacia atrás y se cruzó de brazos. —El santurrón tiene una historia que prefiere que no se conozca.

—Nunca se demostró nada—. Leadford se tiró del cuello y su rostro adquirió un tono bastante peculiar de verde grisáceo.

—Esto es lo que va a pasar, Leadford—. Víctor apoyó las manos en el respaldo del sofá, el cuello satinado de Thea a escasos centímetros. Él apretó la madera con más fuerza. —Le voy a dar una gran bolsa y usted va a desaparecer. Y eso significa que nunca más aceptará un puesto de clérigo. Si alguna vez lo veo o incluso oigo susurrar su nombre de nuevo, amigos míos con conexiones dudosas podrían animarse a secuestrarlo y abandonarlo en una isla tropical remota, muy, muy remota.

La mandíbula de Leadford se hundió y se desinfló como un globo de aire caliente empalado. Miró de persona en persona, y luego se mojó los labios. —Bien.

Me iré. Pero sólo porque me ha amenazado.

Víctor encorvó un hombro. —Igual que usted amenazó a Theadosia y a su familia.

—¿Cuándo tendré mi dinero? —Leadford preguntó.

Maldito codicioso.

—Vaya a la posada de la Rosa Azul en Essex Crossings a las... —Víctor sacó su reloj. —A las cuatro.

Después de una mirada a su alrededor, Leadford salió de la habitación.

El señor Brentwood suspiró y se puso en pie. —Le agradezco que nos haya librado de esa alimaña, Su Excelencia. Y estoy en deuda con usted por su oferta de reembolsar los fondos que tomé prestados.

Todavía no podía admitir que había robado el dinero, ¿verdad?

—No los pediste prestados, papá. Los robaste y nos usaste a mamá, a Jessica y a mí como excusa para hacerlo—. La voz tranquila pero resuelta de Theadosia lo clavó en el suelo.

—Tienes razón, Theadosia—. Sus hombros se hundieron y pareció encogerse en sí mismo ante su censura. —No obstante, acepto humildemente su oferta,

Excelencia. No deseo pasar el resto de mi vida en prisión, aunque es lo que merezco por haber traicionado a mi rebaño y a mi familia. Si me disculpa, necesito escribir una carta de renuncia.

—Señor Brentwood, todas las ofertas que le hice anteriormente siguen en pie, si está dispuesto a aceptarlas—. Víctor volvió a guardar su reloj. —Si se me permite el atrevimiento, tal vez usted podría sugerir en su carta que me convenció de restaurar la iglesia y la casa parroquial como parte de su retribución. Y yo también escribiré una carta en su nombre.

—Gracias. Su generosidad y amabilidad lo honran, y acepto todas sus propuestas—. La atención del reverendo se dirigió a Theadosia. —Por favor, perdóname, querida. He sido sido imperdonablemente duro de corazón, egoísta y obstinado—. Cerró los ojos, con la angustia contorneando su rostro. —Y orgulloso. Tan malditamente orgulloso.

En un instante, ella estaba en sus brazos, abrazando a su padre. —Por supuesto que te perdono, papá. ¿Significa esto que podemos volver a ver a Althea? —le preguntó limpiándose las lágrimas de las mejillas.

—Sí, si ella puede perdonar a un viejo terco y tonto—. El señor Brentwood salió de la habitación arrastrando los pies, como un hombre destrozado.

—Por favor, discúlpeme, Su Excelencia. Mi esposo me necesita—. Tras una breve reverencia, su esposa lo siguió rápidamente.

Víctor se volvió hacia James y sacó un sobre considerable de su bolsillo. —Esto es para Leadford. ¿Te reunirás con él en mi nombre? También quiero un acuerdo por escrito. No voy a correr riesgos con ese desgraciado. ¿Puedes ocuparte de eso también?

—Me encantaría, sólo para ver la cara que pone cuando lo haga firmar—. James se levantó y se estiró. —Debo decir que disfruté mucho cuando le bajaste los humos a ese canalla—. Tomó la mano de Jessica. —Ven, cielo. Estoy hambriento. Veamos qué podemos rebuscar en la cocina, ¿sí?

Jessica le sonrió a Thea. —Podemos quedarnos con nuestros nuevos vestidos después de todo. No tendremos que asistir al baile con nuestros viejos vestidos.

Ella aceptó la ayuda de James, y luego, con un

rebote en su paso, partieron.

Thea inclinó la cabeza y le dedicó una alegre sonrisa. —Eres nuestro héroe, Víctor. Ayer creía que no había esperanza y hoy lo has arreglado todo.

Una vez más, su madre había tenido razón. Las mujeres adoran a los héroes. Su exquisito rostro irradiaba amor por él. Lo llenó de humildad y entusiasmo al mismo tiempo.

Cómo había resentido volver a Colchester, resentido la estipulación en el testamento de padre. Resultó que papá había sabido lo que era mejor, incluso cuando Víctor no lo sabía.

Acariciando sus hombros, se inclinó y besó sus labios suaves como pétalos.

—No todo, mi amor.

—¿Qué más hay?

Un entrañable ceño perplejo arrugó su frente.

—Está el asunto de una propuesta adecuada después de que tu padre acabara de aceptar que lo hiciera—. Él tocó su tentador mechón de cabello rubio rojizo.

—Él no hizo tal cosa.

—Oh, pero lo hizo. Dije que todas mis ofertas

seguían en pie, y él dijo que las aceptaba todas.

Ella inclinó la cabeza. —¿Me amas, Víctor?

—Sí, te amo—. Él le pellizcó la nariz. —Te amo tanto que no encuentro las palabras adecuadas. Le dije a mi madre esta mañana que me di cuenta de que te amaba antes de irme hace tres años. También le dije que no me casaría con nadie más que contigo y que si eso significaba que no me casaba para mi cumpleaños, el querido primo Jeffrey se convertiría de repente en alguien rico.

Las lágrimas brillaron en sus ojos y se agarró a sus solapas.

—¿De verdad? —Ella se apartó, con una expresión de desconfianza. —¿No estaba la duquesa molesta por la posibilidad de perder su casa?

—Al contrario, mi amor. Me ordenó que hiciera lo que fuera necesario para salvarte—. Le besó la nariz. —Creo que ya te tiene bastante cariño.

—Pobre Jeffery. Estará muy decepcionado.

Thea rodeó el cuello de Víctor con sus brazos.

Él enarcó una ceja. —¿Y eso por qué?

—Porque nos casaremos para tu cumpleaños,

tonto—. Ella se levantó de puntillas, atrayendo su cabeza hacia abajo. —Ahora bésame, mi querido amor.

—Con mucho gusto, duquesa.

Victor la tomó por la cintura y la levantó, sellando su compromiso con un beso que marcó el alma de ambos.

EPÍLOGO

Ridgewood Court, el baile
21 de julio, 1809

Buscando a quien era su esposo desde hacía casi diez horas, Theadosia recorrió con los dedos el asa de su máscara de disfraces cubierta con una cinta de raso dorada. Varios caballeros cuyos nombres no recordaba en medio de la avalancha de presentaciones -excepto los duques de Dandridge, Pennington, Westfall y Bainbridge- le habían empujado hacia la terraza después del primer baile.

Sonriendo, algo que él había hecho la mayor parte del día, con las manos hacia arriba y extendidas en señal de resignación, Víctor le había guiñado un ojo y permitió que sus pícaros amigos lo arrastraran.

—Volveré en cuanto pueda escaparme de estos

bribones, duquesa.

Probablemente degustando una botella de licor mientras brindaban -o reprendían- su estupidez por lanzarse de cabeza a la ratonera del matrimonio menos de un mes después de haber regresado a Colchester.

Ella y Víctor no habían tenido un momento a solas en todo el día. Después de la ceremonia de la mañana, había tenido un extravagante desayuno, y el resto del tiempo había estado lleno de actividades para la fiesta, así como de invitado tras invitado deseándoles que fueran felices. Y pensar que tenían casi una semana más de este caos antes de partir para su viaje de bodas.

Una sonrisa levantó sus labios.

A decir verdad, no le importaba, ya que sus amigas más queridas y Jessica estaban reunidas a su alrededor, cada una resplandeciente con extravagantes vestidos de seda y satén. Su propio vestido de cuento de hadas, una creación púrpura y dorada tan divina que casi le daba miedo ponérselo, brillaba con miles de pequeñas perlas.

Víctor lo había encargado en secreto y la sorprendió con el vestido esta tarde, junto con un par de zapatillas doradas cubiertas de cientos de cuentas de cristal.

—Para mi propia Cenicienta —le había dicho, estrechándola entre sus brazos para darle un beso estremecedor. —¿Te he dicho lo feliz que soy, querida?

—No más que yo, Víctor—. Ella le besó la comisura de la boca. —Todavía me parece un sueño, y tengo miedo de despertarme.

—Siempre y cuando te despiertes a mi lado todos los días durante el resto de mi vida—. Miró con nostalgia la enorme cama de cuatro postes que dominaba su alcoba. —Si no estuviera decidido a no precipitar nuestra primera unión, duquesa...

Su voz se había vuelto grave y ronca, sus ojos estaban encapuchados por el deseo, y la pasión que respondía le había calentado la sangre.

Ella le tomó la mano, tirando de él hacia la cama. —Tenemos horas antes...

Tras un breve golpe en la puerta, la burbujeante doncella asignada a Theadosia irrumpió en la habitación. Los ojos de la sirvienta se redondearon con sorpresa, y un rubor subió por sus ya sonrojadas mejillas.

—Disculpe, Su Excelencia—. Hizo una reverencia,

con la mirada fija en el suelo. No sabía que estaba usted aquí.

Suspirando, besó a Theadosia en la nariz.

—Acabo de darle a mi esposa un nuevo vestido de baile. Por favor, ocúpate de quitarle las arrugas antes de esta noche, y quiero que lleve el cabello suelto, por favor.

El extraordinario conjunto de amatista y diamantes que llevaba Theadosia, con una tiara digna de una princesa, había sido otro regalo suyo, entregado mientras se vestía para el baile. Se sentía como la realeza, y el día de hoy había sido nada más y nada menos que mágico.

Había sido ella la que sugirió que se casaran hoy para ahorrarle a su suegra el trabajo adicional de preparar una gran boda. También evitó que los padres de Theadosia se sintieran incómodos.

Papá había celebrado la ceremonia, pero ni él ni su madre iban a asistir al baile. Él había jurado que no merecía el privilegio, pero lo más probable es que la humillación lo mantuviera alejado, así como un renovado juramento de evitar los juegos de azar de cualquier clase, incluyendo las cartas. La noticia de su dimisión y el motivo de su precipitada notificación habían viajado rápidamente por Colchester y sus alrededores.

La próxima semana sus padres zarparían hacia Australia, acompañando a un barco cargado de convictos y soldados. La iglesia le había ofrecido magnánimamente a su padre un puesto allí como vicario; nadie más mostraba el menor interés por un puesto tan remoto y primitivo. Estaba tan agradecido de no ser expulsado, que aceptó con entusiasmo, pero sólo después de preguntar si Jessica podría vivir con Theadosia y Victor. No se arriesgaría a remolcar a su hija soltera por medio mundo, exponiéndola a peligros desconocidos.

En dos días esperaban a Althea y su familia. Mamá había querido ver a su hija y a sus nietos antes de zarpar hacia Australia. Sobre todo porque ella y papá estarían fuera durante tres años; tiempo suficiente para que los chismes se asentaran.

Doblando el cuello, Theadosia buscó una vez más a Víctor en el salón de baile. Era una tontería echarlo tanto de menos. Sólo habían pasado unos minutos.

—Thea, creo que fue terriblemente grosero por parte del duque de Bainbridge requerir a Sutcliffe de la forma en que lo hizo. Seguramente sabe que el lugar de un novio es al lado de su novia el día de su boda—. Jessica deslizó su mano en el brazo de Thea. Con los ojos muy abiertos y emocionada, ella también escudriñó el salón de baile, sin duda con la esperanza de que su tarjeta de baile se llenara antes de que terminara la noche.

—No te preocupes, Jessica. Así son los hombres. Sólo piensan en sí mismos. No pretendía ofenderte. Nunca lo hacen—. Un matiz de amargura apareció en la voz de Nicolette.

Su prometido la había abandonado por una heredera hacía dos temporadas. Desde entonces, se había convertido en una coqueta consumada, ganándose la reputación de aplastar a cualquier hombre lo suficientemente tonto como para tratar de dirigirse a ella.

Nicolette pasó sus manos enguantadas por la parte delantera de su vestido de raso blanco bordado. La media capa de terciopelo azul real combinaba perfectamente con sus ojos, que en ese momento brillaban con picardía. —No recuerdo haber estado nunca en compañía de tantos canallas seductores, ¿verdad, Gabriella y Ophelia? Va a ser una semana muy interesante.

Con vestidos idénticos, excepto por el color, las gemelas negaron con la cabeza.

—No, por no hablar de tantos duques pícaros —dijo Ofelia, arqueando una ceja escéptica.

Reflejando la acción de su gemela, Gabriella levantó una ceja igual de elocuente. —Sin duda, Sutcliffe se mueve en círculos exclusivos, Thea.

Al igual que Theadosia, las gemelas nunca habían salido de Colchester. Vivían con sus ancianos abuelos y rara vez asistían a algo más emocionante que un té o una iglesia. Para animar las cosas, ellas eran conocidas por cambiar de identidad de vez en cuando. Pocas personas, excepto sus familiares y amigos más queridos, podían distinguirlas.

—Ah, finalmente todas están aquí. Casi me desesperaba por no encontrarlas en esta aglomeración infernal. Supongo que eso significa que el baile es un éxito rotundo—. Everleigh Chatterton se deslizó hacia ellas, con su vestido plateado, adornado con satén negro, acentuando su cabello rubio claro. Había enviudado hacía casi dos años, pero seguía llevando los colores del luto hasta su medallón y sus pendientes de azabache y diamantes, así como sus guantes de seda de ébano.

Theadosia sospechaba que el prolongado período de luto de Everleigh tenía mucho más que ver con desalentar la atención de los hombres embelesados que se sentían atraídos por la impresionante belleza como las abejas por las flores, más que con el dolor persistente que sentía por la pérdida de su esposo, mucho más viejo y despreciado.

Jemmah, la duquesa de Dandridge y Rayne Wellbrook, la sobrina adoptiva de Everleigh, la acompañaban. Sonrieron a modo de saludo mientras agitaban enérgicamente sus abanicos.

—Por Dios, esto es sofocante —dijo la duquesa de Dandridge. El suyo también había sido un matrimonio de cuento de hadas.

Thea miró de una a una de sus amigas, y finalmente a Jessica. Ojalá ellas también pudieran ser felices algún día. Rezaría para que así fuera.

No obstante, la duquesa de Dandridge tenía derecho a ello. El salón de baile se había calentado muchísimo en poco tiempo. Si Thea pudiera salir al exterior para respirar aire fresco, tal vez incluso para pasar las manos por la fuente que burbujeaba en el jardín.

—¿Sigue ese hombre alto y moreno detrás de mí? —murmuró Everleigh mientras también abría su abanico de cuernos brisé. Detrás de su máscara plateada, sus ojos verde jade brillaban de fastidio.

Un caballero de aspecto exótico la seguía, acompañado por la duquesa viuda de Sutcliffe y el banquero Jerome DuBoise, su acompañante casi constante desde su llegada hace cuatro días.

—Sí—. Theadosia asintió, buscando una excusa para llevarse a su amiga. —¿Por qué no vamos a por algo de ratafía? Estoy bastante sedienta.

—Theadosia, querida, ¿dónde está Sutcliffe? Creí que estaría a tu lado toda la noche—. La duquesa viuda brilló ante la evidente admiración del señor DuBois.

—Algunos de sus amigos querían felicitarlo—. Thea le devolvió la sonrisa. Su suegra ya la trataba como a una hija querida. —Creo que en realidad era una excusa para darse un capricho.

La viuda se rio mientras señalaba al hombre alto. —Permítanme presentarte a Griffin, duque de Sheffield. Es el sobrino del señor DuBois y todo un viajero por el mundo.

Cuando ella terminó eficazmente las presentaciones, y después de que las mujeres hicieran una reverencia, Everleigh se dio media vuelta, a punto de desairar al duque. Su matrimonio había sido realmente un asunto horrible y había dejado heridas ocultas de las que se negaba a hablar. Aunque sólo tenía veintitrés, había renunciado a los hombres y al matrimonio.

—¿Otro duque? —Ophelia susurró soto voce a su gemelo. —¿Cuántos son? ¿Cinco o seis?

El duque de Sheffield esbozó una deslumbrante sonrisa, con los dientes blancos contra su rostro bronceado. —En realidad, somos diez. Yo, Dandridge, Sutcliffe, Pennington, Bainbridge, Westfall, Kincade, Asherford, San Sebastián y Heatherston. Los tres últimos no están aquí, sin embargo, y Kincade y

Heatherston son escoceses. Nos conocimos en *Bon Chance* hace varios años, y hemos sido los mejores amigos desde entonces.

¿Bon Chance?

¿No era ese el escandaloso infierno de apuestas dirigido por Madame Fordyce?

—Vaya, ¿diez ha dicho? —Ophelia parecía convenientemente asombrada, mientras su gemelo, poco impresionado, encorvaba un hombro.

—Son sólo hombres, Ophelia —dijo Gabriella.

—Me imagino que tienen muchas historias interesantes que podrían contar—. Nicolette movió las pestañas. Parecía una coqueta, pero cualquier hombre lo suficientemente tonto como para morder el anzuelo pronto se veía ensartado verbalmente.

—Ahí está Sutcliffe—. Con una sonrisa orgullosa en el rostro, la viuda señaló con su abanico cerrado.

La mirada de Theadosia se cruzó con la de Victor al otro lado de la sala, deliciosamente irresistible en sus trajes de etiqueta, mientras se acercaba a ella. Otros caballeros, incluidos los otros duques, cada uno con diversos grados de desinterés o aburrimiento grabados en sus rasgos aristocráticos, también se acercaron al grupo de mujeres.

No le sorprendió en absoluto que los invitados masculinos se acercaran a sus exquisitas amigas. Sin embargo, se llevaron una sorpresa, ya que a ninguna de las mujeres le importaba un comino impresionarse por la posición social o el número de títulos que tuviera un hombre. Una rareza, sin duda, pero esa era una de las razones por las que las mujeres eran tan amigas.

Después de inclinarse, Víctor atrajo a Theadosia a su lado. —Les ruego que me disculpen, pero voy a secuestrar a mi novia para bailar un vals en la terraza. Ustedes, señoras, también deberían bailar.

Envió una mirada rápida y severa a los otros hombres que estaban allí. —Caballeros, compórtense.

Ni siquiera esperó una respuesta, sino que sacó a Theadosia por una puerta lateral. Apenas abandonaron el ruido y el calor del salón, la llevó a un rincón apartado y la abrazó, aplastándola contra su pecho y besándola como un hombre hambriento desde hace tiempo.

Ella abrió su boca, dándole la bienvenida. Su hambre crecía, el deseo se deslizaba por cada poro.

Liberando su boca, jadeó contra su cuello.

—Cariño, ¿nos atrevemos a renunciar al resto del baile?

La temperatura del salón de baile no era nada comparada con la abrasadora necesidad que ardía en su interior.

—Soy un duque. Me atrevería a cualquier cosa por ti, duquesa—. Víctor soltó una risa ronca. —Ven. Hay una entrada trasera.

Como niños traviesos, se tomaron de la mano y corrieron hacia el otro lado de Ridgewood. Menos de diez minutos después, tras unas cuantas paradas para entregarse a unos besos que quemaban la sangre, Víctor abrió la puerta de su alcoba.

Theadosia jadeó, girando lentamente en círculo.

Decenas de velas iluminaban la cámara, cuyo resplandor proyectaba románticas sombras hasta los rincones más alejados. Un alegre fuego ardía en el hogar, y en la mesa cercana a la ventana, una botella de champán se enfriaba en un cubo entre platos de dulces y delicadezas. Pero era la cama lo que llamaba su atención. Las sábanas habían sido estiradas hasta los pies, y pétalos de rosa coral y melocotón cubrían las sábanas de satén marfil.

—Oh, Víctor. ¿Has arreglado esto? Es tan romántico.

Ella se levantó de puntillas y apretó un beso en la comisura de su firme boca.

—Lo hice—. Él la hizo girar para desatar su vestido. —Y le dije a tu doncella que no la necesitarías.

No tardó en despojar a Theadosia de sus ropas, pero cuando él le tendió la mano para quitarle la camisola por la cabeza, ella se cruzó de brazos y retrocedió.

—No, desvístete tú ahora. Quiero verte.

Una sonrisa perezosa curvó su boca. —Todos tus deseos son órdenes para mí.

Ella lo observó en el espejo mientras ella se quitaba la tiara y los pendientes, y estaba a punto de desabrochar el collar cuando él cerró su mano sobre la de ella.

—Déjatelo puesto. Quiero que lo lleves cuando te haga el amor.

Le levantó el cabello y le dio besos calientes en el cuello, y a ella se le escapó un gemido bajo.

Al encontrarse con su mirada abrasadora en el

espejo, Theadosia tragó saliva.

Con sólo sus pantalones, irradiaba belleza masculina. Un vello negro como la medianoche cubría su pecho esculpido, la fina alfombra desaparecía en la veta de su cintura.

Este glorioso hombre era su esposo.

Ella se giró, ofreciéndole una sonrisa de sirena. Con las miradas fijas, ella se desató las cintas de los hombros y dejó que la camisola quedara a sus pies.

Víctor se congeló un instante antes de cogerla en brazos y acercarse a la cama. Reverentemente, como si ella fuera tan frágil como los pétalos sobre los que la depositaba, la bajó al colchón.

Se quitó los pantalones y se deslizó sobre la cama.
—Déjame llevarte al paraíso, cariño.

—Oh, sí, Víctor—. Ella se acurrucó ansiosamente a su lado, y algún tiempo después, cuando el cielo estalló tras sus párpados y su cuerpo tembló de felicidad, gritó:
—Te amo.

—Y yo te amo a ti, Thea —gimió él, encontrando su propia liberación.

Cuando sus respiraciones volvieron a la

normalidad, Víctor se llevó la mano de Theadosia a los labios y le besó las yemas de los dedos.

—Mientras tenga aliento en mi cuerpo, Theadosia, te amaré. Estás marcada en mi espíritu. Mi alma está por fin completa.

—Igual que la mía—. Ella trazó un dedo a lo largo de su mandíbula. —Supongo que tenemos que agradecer a Leadford.

Víctor enarcó una ceja en señal de asombro. —¿Y precisamente cómo crees que ese demonio es digno de nuestro agradecimiento?

—Porque, querido esposo, te obligó a hacerlo—. Ella le acarició el pecho y luego soltó una risita cuando él le hizo cosquillas en las costillas.

—Malvada.

—Basta de hablar—. Se subió encima de él, disfrutando de la sensación de su cuerpo firme y musculoso bajo el suyo. —Llévame al cielo otra vez.

SOBRE LA AUTORA

COLLETTE CAMERON, autora premiada y bestselling del *USA Today*, escribe novelas históricas escocesas y de la época de la Regencia en las que aparecen pícaros y sinvergüenzas y las intrépidas damiselas que los reforman. Dotada de una musa hiperactiva e ingeniosa que no deja de susurrarle al oído nuevas aventuras románticas, ha vivido en Oregón toda su vida, aunque parte del tiempo sueña con vivir en Escocia. Adicta confesa a los chocolates Cadbury, siempre encontrarás una pizca de inspiración y una pizca de humor en sus romances atemporales, dulces y picantes.

Pueden unirse a su lista de lectores The Regency Rose® VIP Reader Club para estar al día con los lanzamientos de libros, las portadas, los concursos y los regalos que reserva exclusivamente para los seguidores del correo electrónico y del boletín. Además, cualquier oferta, venta o promoción especial se ofrece primero a los miembros del club. No compartirá tu nombre ni tu correo electrónico, ni te enviará spam.

Querido lector,

Estoy muy agradecida que hayas elegido *Sólo un duque se atrevería*. Sé que tienes muchas y maravillosas opciones de romances históricos para leer, y me siento honrada que decidieras leer el segundo libro de la SERIE CANALLAS SEDUCTORES.

Victor fue introducido en *Un diamante para un duque*, y fue un personaje muy divertido, no podía esperar a escribir su historia. Quería que tuviera sus fallas pero se pudiera redimir, un héroe que no sabía qué era lo que quería. Hasta que se volvió a ver a Theodosia. Ella es todo lo que adoro en una heroína: fuerte e inteligente, y a la vez una persona amable y considerada.

Victor también hace una aparición en *Conde de Wainthorpe*, e igualmente verán más de Thea y su duque en el resto de la serie.

El siguiente será *Diciembre con un duque*. Everleigh Chatterton es la protagonista. ¡Apuesto a que pueden adivinar quién será el héroe!

Por favor considera compartir el porque disfrutaste de este libro con una reseña. No solamente porque me interesa ver qué opinas, sino que también las reseñas son cruciales para el éxito de un autor. Aunque sean una o dos líneas, lo apreciaré mucho.

Así que con esto me despido, deseándote muchas horas felices de lectura, más "felices para siempre" que puedas disfrutar en una vida y abundantes bendiciones para ti y tus seres queridos.

Collette Cameron

Puedes seguir a Collette en sus redes sociales:

www.collettecameron.com

www.bookbub.com/authors/collette-cameron

www.facebook.com/collettecameronauthor

www.instagram.com/collettecameronauthor

www.ingramcontent.com/pod-product-compliance
Lightning Source LLC
Chambersburg PA
CBHW070925190726
48292CB00004B/1110